재일에스닉잡지연구회 번역총서

오사카 재일 조선인 시지

진달래 4

지식과교양

일러두기

1. 시의 띄어쓰기 및 문장 부호는 원문대로 표기하는 것을 원칙으로 하였다.

2. 일본어를 한국어로 표기할 때는 기본적으로 문교부(현재 문화체육관광부)의 '외래어표기법' (문교부 고시 제85호-11호, 1986년 1월)을 따랐다.

3. 지명, 인명 등의 고유명사는 기본적으로 일본식 표기법과 한자에 따랐다. 단, 잡지나 단행본의 경우 이해하기 쉽도록 한국어로 번역하였으며 원제목을 병기하였다.

4. 한국어로 된 작품은 원문 그대로 표기하였다.

5. 판독이 불가능한 부분은 ●●●로 처리하였다.

6. 각호의 목차와 삽화는 한국어 번역과 함께 일본어 원문을 실었다(간혹 밑줄이나 낙서처럼 보이는 흔적은 모두 원문 자체의 것임을 밝혀둔다).

7. 원문의 방점은 굵은 글씨로 표기하였다.

8. 주는 각주로 처리하되, 필자 주와 역자 주를 구분해 표기하였다.

역자서문

그동안 재일조선인 시지詩誌『진달래』는 존재는 알고 있었으나 그 실체를 일본에서도 전혀 알 수 없었던 잡지였다. 풍문으로만 들었던『진달래』와『가리온』을 드디어 번역본으로 한국에 소개하게 되었다. 2012년 12월 대부분이 일본 근현대문학 연구자인 우리들은 자신의 삶과 역사에서 동떨어진 기호화된 문학연구를 지양하고 한국인 연구자로 자주적이고 적극적인 관점에서 일본문학을 바라보고 싶다는 생각으로「재일에스닉잡지연구회」를 발족했다.

연구회에서 처음 선택한 잡지는 53년 재일조선인들만으로는 가장 먼저 창간된 서클시지『진달래』였다. 50년대 일본에서는 다양한 서클운동이 일어났고 그들이 발행한 서클시지에서는 당시의 시대정신을 읽을 수 있다. 오사카조선시인집단 기관지인『진달래』는 일본공산당 산하의 조선인 공산당원을 지도하는 민족대책부의 행동강령에 따른 정치적 작용에서 출발한 시지이다. 50년대 일본에서 가장 엄혹한 시대를 보내야만 했던 재일조선인들이 58년 20호로 막을 내릴 때까지 아직은 다듬어지지 않은 자신들만의 언어로 정치적 전투시와 풀뿌리 미디어적 생활시 등 다양한 내용으로 조국과 재일조선인의 현실을 기록/증언하고 있다. 창간초기에는 정치적 입장에서 '반미' '반요시다' '반이승만' 이라는 프로파간다적 시가 많았으나 휴전협정이후 창작주체의 시점은 자연스럽게 '재일' 이라는 자신과 이웃으로 확장하게 된다. 정치적 작용에서 출발한『진달래』는 내부와 외부의 갈등 및 논쟁으로 59년 20호로 해산을 하게 되는데 '재일' 이라는 특수한 환경과 문학적으로 자각한 그룹만이 동인지『가리온』으로 이어지게 된다.

『진달래』는 15호 이후는 활자본으로 바뀌었지만 14호까지는 철필로 긁은 등사본의 조악한 수제 잡지였다. 연구회의 기본 텍스트는 2008년 간행된 후지不二출판의 영인본을 사용했는데 간혹 뭉겨진 글자와 도저히 해독조차 할 수 없는 난해하고 선명하지 못한 문장들은 우리를 엄청 힘들게도 만들곤 했다. 매달 한 사람이 한 호씩 꼼꼼히 번역하여 낭독하면 우리는 다시 그 번역본을 바탕으로 가장 적당한 한국어표현 찾기와 그 시대적 배경을 공부해 가면서 9명의 연구자들이 매주 토요일 3년이라는 시간을 『진달래』『가리온』과 고군분투했다.

　한국에서의 번역본 출간을 앞두고 2015년 1월 이코마역에서 김시종 선생님을 직접 만나 뵈었다. 김시종 선생님은 분단이 고착된 한국 상황에서 이 책이 어떠한 도움이 되겠는가? 혹시 이 책의 번역으로 연구회가 곤혹스러운 일이 생기는 것은 아닐까 하는 염려와 우려에서 그동안 김시종이라는 시인과 조국과 일본 사회와의 불화의 역사를 짐작할 수 있었다. 사실 우리 연구회에서도 『진달래』와 『가리온』의 정치적 표현에 대한 걱정도 없지는 않았으나 그렇기 때문에 더욱더 50년대의 재일조선인 젊은이들의 조국과 일본에 대한 외침을 한국에 전해야 한다는 생각이 들었다.

　끝으로 이 번역본이 재일 일본문학과 한국의 국문학 연구자에게 조금이라도 도움이 되었으면 하는 소망을 담아본다.

2016년 2월
재일에스닉잡지연구회
회장 마경옥

『진달래』·『가리온』의 한국어판 출간을 기리며

1950년대에 오사카에서 발행되었던 재일조선인 시지詩誌 『진달래』와 『가리온』이 한국어버전으로 출간된다고 한다. 전체를 통독하는 것만으로도 힘들 터인데, 잡지 전호를 번역하는 작업은 매우 지난한 작업이었을 것이다. 먼저 이처럼 힘든 작업을 완수해 낸 재일에스닉잡지연구회 선생님들의 노고를 치하하고 싶다. 나 또한 일본에서 『진달래』와 『가리온』복각판을 간행했을 때 참여했었는데, 이 잡지들이 지금 한국 독자에게 열린 텍스트가 되었다는 사실을 함께 기뻐하고 싶다.

『진달래』는 제주 4·3 사건의 여파로 일본으로 탈출할 수밖에 없었던 김시종이 오사카의 땅에서 좌파 재일조선인 운동에 투신했던 시절 조직한 시 창작 서클 '오사카조선시인집단'의 기관지이다. 『진달래』는 한국전쟁 말기에 창간되어 정치적으로 조선민주주의인민공화국을 지지하는 입장을 취했는데, 구성원으로 참여했던 재일 2세대 청년들이 시 창작을 통해 자기를 표현하는 매체로 급속히 발전한 결과, 전성기에는 800부나 발행되기에 이른다.

이처럼 『진달래』는 전쟁으로 불타버린 조국의 고통에 자극받은 재일 2세대 청년들이 미국의 헤게모니와 일본 사회의 차별과 억압이라는 동아시아적 현실에 대해 시로서 대치하면서 전개된 공간이었으나, 한국전쟁 휴전 이후 동아시아의 국제 공산주의 운동이 재편되는 과정에서, 일본어로 시를 창작하는 『진달래』는 민족적 주체성을 상실했다는 조선민주주의인민공화국의 격렬한 비판을 받으면서 중단된다. 그 결과로 『진달래』의 후속 동인지 성격의 『가리온』에서 창작에 대한 태도를 관철시켰던 김시종, 정인, 양석일 3인 이외의 구성원은 붓을 꺾게 되었고, 이들 세 사람조차 표현자로 다시 부활하기까지

기나긴 기다림이 필요했다.

앞으로 『진달래』와 『가리온』을 대하게 될 한국의 독자들이 앞서 언급한 동아시아현대사란 문맥에서 이 텍스트들이 만들어졌고 또한 사라져갔다는 사실을 염두에 두면서 읽어 주기를 나는 기대한다. 다시 말해 정치적 과부하가 걸려 있던 이 텍스트를 과도한 정치성이라는 측면만이 아니라, 한국 전쟁에서 그 이후에 걸친 동아시아 현대사의 격동기를 일본에서 보내야 했던 재일 2세대 청년들의 시적 증언으로 읽어 주었으면 하는 것이다. 내가 『진달래』와 『가리온』을 일본에서 소개할 무렵 강하게 느꼈던 감정이 이런 독법의 필요성이었다는 사실을 한국어판 독자에게 전하는 것으로 서문을 대신하고자 한다.

오사카대학 대학원 문화연구과 교수
우노다 쇼야 宇野田 尚哉

16호

자서自序

작품

민화

17호

18호

작품

19호

작품

20호

작품

시집 평

편집후기 / 354

第16号 チンダル

1956 九月発行

大阪朝鮮詩人集団

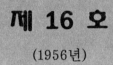

제 16 호

(1956년)

목 차

자서自序

- 내 작품의 장과 '유민의 기억' / 김시종金時鐘
- 오노 도자부로 선생 방문기 / 홍윤표洪允杓

작품

- 비둘기와 빈 의자 / 홍윤표洪允杓
- 소년·파리 / 정 인鄭 仁
- 매미의 노래·바다의 기억 / 권동택權東澤
- 흐린 하늘·그 외 / 양정웅梁正雄
- 하얀 손·인디언 사냥 / 김시종金時鐘
- 야학생 / 강춘자姜春子
- 오키나와·거리 한 모퉁이에서 / 권경택權敬澤
- 불안 / 김인삼金仁三
- 게의 대사 / 성자경成子慶
- 사등 밥 / 김탁촌金啄村
- 부녀 가요잡기 / 김평선金平善

민화

- 사랑산 절부암 / 강상우姜尙祐
- 『태양의 계절』에 반발하여 / 오흥재吳興在

합평 노트
회원소식
편집후기

ヂ　ン　ダ　レ

１６号

자서自序

자신만의   아침을
너는   바라서는 안 된다.
밝은 곳이 있으면   어두운 곳이 있는 법이다.
무너지지 않는   지구의 회전만을
너는   믿으면 된다.
태양은   너의   발밑에서 떠오른다.
그것이   커다란   원을 그리며
저   뒤편   네 발밑에서 저물어 가는 것이다.
다다르지 못하는 곳에   지평이 있는 것이 아니다
네가 서 있는   그 지점이 지평이다.
진실로 지평이다.
멀리   그림자를 드리워
기울어진 석양에는   안녕이라 말해야 한다.

새로운 밤이 기다린다.

(시집 『지평선』에서)

내 작품의 장場과 '유민流民의 기억'

김시종

나는 지금 어처구니없는 곤경에 처해있다. 지금부터 쓰려
는 것이 만일 허울 좋은 자기변호이거나 15호에 실은 내 연
구특집에 대한 반론을 위한 반론이라면 나는 불손하다는 비
난을 면하지 못할 것이다. 그 전에 우선 독자가 나서서 그
필요성을 무시해 버릴 것이다. 왜냐하면 통상 그러한 문학
담론을 나누는 것 치고는 일이 너무 심각하다. 기대하는 독
자가 있고 내 소론을 기다린다고 한다면 그것은 당연히
'유민의 기억'에 얽힌 김시종의 창작체험이기 때문일 것
이다.

나도 그 부분 이외에는 중요하지 않다. 깨끗이 홍윤표 군
에게 항복한 것은 바로 이 점에 대해서였다. 15호에서의 그
의 지적이 시집 『지평선』을 이해하는데 중요했다기보다 김
시종이라는, 시를 지향하는 사람에게 필요했다는 것이 중요
했다. 즉 시집 『지평선』의 해명에 관한 한 홍윤표의 견해
는 하나의 측면밖에 파악하지 못했고 그 주요 명제인 '유민
의 기억'에 대한 실증도 너무 엉성하다. 오노 도자부로小野
十三口1) 씨도 최근의 저서 『중유 후지重油富士』의 후기에서
언급하듯, 오늘날에는 각각 하나의 서정시라도 그것이 모여
이루어진 시집은 당연히 서사시적 성격을 띠게 되는 것은
누구도 부정할 수 없다. 나도 그런 견지에서 내용을 두 가

---

1) 오노 도자부로(小野十三口, 1903-1996): 시인. 1948년 단가短歌와 하이
   쿠俳句의 서정을 비판한 『노예의 운율奴隷の韻律』을 발표. 주요 시집으
   로 『풍경시초風景詩抄』(1943) 등이 있음.

지로 나누어 한 권의 시집으로 만들었다. 제1부「밤을 바라
는 자의 노래夜を希うものの歌」는 일본적 현실을 중시한 작품
군으로, 다시 말해 일본어로 작품 활동을 하는 외국인의, 보
다 일본문학적 시야에 있는 것이고, 제2부「가로막힌 사랑
속에서さえぎられた愛の中で」는 그 외국인이 일본어로 할 수
있는 보다 조선적인 내용의 작품이었다. 그럼에도 불구하고
홍윤표의 논점은 제1부와 제2부 모두에 대해 비판하고 '유
민의 기억'이라는 최대공약수적 명제를 제시하고 있다. 적
어도 이 경우 제1부의 작품은 완전히 무시되어 버렸다. 삼
각형의 한 변을 무시하고 그 밑변과 꼭짓점을 재는 것은 틀
린 것은 아니라 해도 옳은 것도 아니다. 이런 점에서 볼 때
올바른 명제로 되어 있을 '유민의 기억'까지 홍윤표의 직
관적 지적으로 끝나는 것이다. 내가 반발하는 이유는 거기
에 있다. '유민의 기억'이라는 점은 인정하지만 그것을 실
증해 가는 방법에 있어서는 적잖이 불만이다. '유민의 기
억'을 증명하려는 나머지, 한 작품의 몇 행을 그것을 위해
서만 주관적으로 관련짓는 것은 그리 유쾌하지는 않다. 특
히 "당신은 이제 나를 참견할 수 없다"는 인용 등 그것이
지리상의 선—3.8선—이 아니고, 작가의 마음속에 생긴 반
목의 선이라는 것을 잘 알면서도 그것을 증명하려고 한 나
머지 지리상의 선으로 바꾸어버린 것은 향후의 작품해명을
위해서도 주의해야 하지 않을까? 홍윤표가 정말 내 시집에
서 '현재적 명제'를 알고 싶었다면 제2부에서의 해명보다
오히려 제1부에서의 '유민적 기억'이 필요했다. 왜냐하면
내 작품 계열을 면밀히 살펴본다면—보지 않더라도—제1부
에 수록된 작품경향이 급속하게 굳어진 것을 알 수 있기 때
문이다.

나는 홍윤표의 말꼬리를 잡으려는 것이 아니다. 제2부에 수록된 작품만큼 '유민의 기억'을 드러내지 않은 제1부의 작품군의 근저는 무엇인지 알고 싶은 것이다. 작품 면으로도 새로운 제1부의 작품을 규명하는 일이 오늘날의 김시종의 기반을 아는 것이 아닐까? 즉 그것이 숙명론자와 같이 나를 끌고 다니는 '유민의 기억'의 현재적 이행의 발자취가 아닐까? 솔직히 말해 나는 지금 '유민의 기억'의 시비를 논하기 어렵다. 최소한 나쁜 면으로 감지하는 범위 내에서조차 그 이론적 근거에 곤란을 느낀다. 확고한 선진적 조국을 가진 자가 무비판적으로 유민적 정감을 토로하는 것은 용서받지 못할 것이다. 하지만 내 경우 아직 '공민公民적 긍지'를 내세울 만큼 조국이 생리화되어 있지는 않다. 이런 점에 내가 능동적인 위치가 아닌 수동적 입장에 선 주된 요인이 있을 것이다. 그것은 다시 말해 창작상의 콤플렉스가 되어 내 작품설정 시 언제나 자기를 아직 의식되지 않는 한 사람의 인간으로 대치하는 것이 보통이었다. 적어도 내 경우 그것이 필요했다. 그저 '자기내부투쟁'이 없었다는 식으로 치부해 버릴 정도로 단순한 것이 아니다. 나는 내 나름대로 그렇게 하는 것이 자기내부투쟁이었고 그것을 통해서만 동세대에 영향을 미친다고 믿었다. 이것은 오히려 생리적 욕구이기조차 했다. 예를 들면 이렇다. 다음에 인용하는 것은 어느 여교사에게서 온 편지를 발췌한 내용이다.
──전략──언제부터인지는 모르지만, 나는 내 자신이 '조선'이라는 말을 듣는 것만으로 어디에서 무엇을 하든 신경이 곤두서는 것을 느낍니다. 그리고 본능적으로 일본적인 것에 구속되는 것으로부터 도망가려고 하다가 더욱 깊은 곳에 빠지고, '조선'에 가까워지려 하다가 더 많이 잃어가는

불안을 느낍니다. 우리 학교(조선학교. 필자)에서 교원으로
있는 지금도 역시, 아니 오히려 더 깊어져 갑니다. 단지 공
부가 부족해서가 아닙니다. 더욱 더 다른 것, 예를 들어 조
선 하늘의 색과 땅의 촉감을 모르는, 감상적으로 말하면 마
음에 고향을 갖지 못한 기분이 듭니다. 이 방랑감은 적어도
내 마음 속에서는 계속해서 생겨날 뿐이었습니다. 조국의
발전에 대한 생각보다 더욱 선행되어 버렸고 이것이 그 무
엇보다 현실적인 과제라는 것에 눈떠버렸습니다. 결국은
"일본어가 아니면 일을 할 수 없는 기형화된 조선청년(시
집 『지평선』의 후기. 필자)"의 한사람으로서밖에 자라지
못한 자신의 문제를 어디에서 어떻게 해결해야 할지, 또는
어디에서 그 실마리를 발견할 수 있을지, 하는 것에 대해
고민해 왔습니다. 오래 전에 또 지금도 내가 사용하는 더듬
거리는 국어(조선어. 필자)를 어머니는 '반쪽발이말(반 일본
인이라는 말)' 이라고 비웃습니다. 가끔 조선옷을 입어보려
하면 "마치 외국인이 입은 것처럼 어색하다"고 친구에게
비웃음을 당합니다. 그것을 역시 우리가 짊어진 비극으로
생각합니다. 그리고 어쩌면 그것조차 깨닫지 못하고 끝나
버릴지도 모르는 우리들, 젊은 재일조선청년이 가지는 세대
적 벽의 두께에 힘을 잃어버릴 것 같습니다.
(밑줄 필자)——후략——

　좀 긴 인용이지만 이것은 내 자신이 가지는 '유민적 기
억' 을 정당화하기 위한 좀스러운 생각에서가 아니다. 이것
은 분명 논리를 빼고 인정해야 한다. 재일在日 하는 우리 젊
은 세대의 거짓 없는 마음인 것을 재확인할 필요가 있기 때
문이다. 내 결론부터 말하면 우리 각자가 갖는 '유민의 기
억' 을 일소하기 위해서는 위압적이기 보다 우선 자기의

‘유민적 기억’을 떼어내는 웅크린 자세가 선결문제라는 것이다. 우리는 지금까지 이 지점에서 이같은 문제를 제기한 적도 없고 논한 적도 없다. 만일 ‘유민의 기억’에 사로잡혀 있는 것이 노예적 낡은 인간상이라면 그것을 극복한 듯 보이는 영예 있는 ‘종이호랑이’가 우리의 진영에는 얼마나 많은가! 내 경우, 그런 것에 괴로워하지 않는 편이 훨씬 편하다. 그러한 점에 있어서 ‘유민적 기억’은 말살되어야 할 주제가 아니라 오히려 새롭게 파헤쳐야 할 초미의 문제라고 생각한다. 내가 비난받아야 하는 것은 ‘유민적 기억’을 규명하지 못한 것에 있는 것이지, 그것에 사로잡혀 있는 것에 있지 않다.

만일 내 작품을 그런 관점에서만 평가한다면 시집 제1부의 작품에서 동질의 ‘유민적 기억’을 끌어내는 것은 매우 곤란한 일일 것이다. 왜냐하면 거기에는 제2부에 가득한 조선인적 체취—정감—는 이미 자취를 감춰버렸기 때문이다. 일본적 현실을 중시했다는 것이 조선인 김시종을 없애버린 것일까? 나는 그렇게 생각하지 않는다. 거기에는 분명 김시종이 있을 것이다. ‘유민의 기억’을 최대의 무기로 하는 김시종이 있을 것이다. 이러한 나를 나는 철저히 밝혀야 한다.

그렇다면 왜 나는 갑자기 제1부의 작품계열로 기울고 있는 것일까? 나는 솔직히 내 창작체험의 한 부분을 표현하고 싶었다.

홍윤표의 탁월한 통찰력이 간파하고 있는 바, 내 작품의 저류는 ‘유민의 기억’이다. 이것을 내 식으로 말하면 내 작품의 발상의 모체가 내 과거—에 얽힌 민족적인 비애와 연결되어 있다. 내 손은 젖어있다. 물에 젖은 자만이 갖는

민감함으로 내 손은 아무리 작은 전류조차 그냥 지나치는
것을 거부한다. 설령 그것이 3볼트 정도의 전기 작용이어도
내 손은 본능적으로 그것을 감지하고 두려워한다. 여기에
내 주된 시의 발상의 장이 있다. 내가 놓인 일본이라는 현
실—조건— 속에서 내가 굳이 현대시에 참가할 수 있는 요
소가 있다면 나는 이 민족적 경험을 제외하고는 아무것도
없다. 일본의 현실도 이제 전후 10년이 지났다. 민생은 일단
안정되어 있다고는 해도 더욱 증대하는 원·수폭의 위기 속
에서 우리 안에 몇 명이 히로시마의 비극은 모두 밝혀졌다
고 단언할 수 있을까? 그뿐이라면 모르지만 그들 피폭자의
발언에 얼굴을 찡그리는 자신이 있는 것은 아닌가?! 그 피
폭자들의 발언을 억누르고 있는 일부 세력을 용인하는 자신
이 있는 것은 아닌가?! 누가 과거를 완전히 불식한 형태로
현실을 창조할 수 있을 만큼의 실력을 갖추고 있을까?!
"오랜 것 위에 새로운 것을 얹힌" 곳에 내 사회주의 리얼
리즘의 출발을 볼 수 없는 것이 아니라 내 작품의 경우 원
래 사회주의 리얼리즘의 출발이 없다. 하지만 역시 나는
"오랜 것 속에 새로운 것을 도입"해야만 나의 사회주의
리얼리즘의 출발이 있을 수 있다고 믿는다. 내가 현대시에
참여하는 것은 사회주의 리얼리즘을 이끌고서가 아니다. 민
족적 경험을 나누기 위해 참여한 것이 내 실체다.

　나는 오랫동안 "시는 대중에게 복무한다"는 말을 날 것
그대로 이해했던 시기가 있었다. 그것이 타산적인 것으로는
'영혼의 기사'여야 할 자신이 시간이 지남에 따라 '영혼
을 깨우쳐야 할' 대중과 별반 다르지 않다는 것을 알게 되
었다. 나는 계급적으로 눈 뜨기 전에 민족적 자각을 갖는
것이 중요하다고 생각했다. 제2부 작품의 대부분이 전투적

이지 않은 것은 이러한 점에 기인한다. 홍윤표는 내가 "자기변혁의 프로세스"를 보여주지 않는다고 하는데, 그것은 아마도 그럴 것이다. 내 자신이 지금 혼미함 속에 있기 때문이다. 적어도 프로세스는 제2부에서 제1부로 이행해 온 작품 계열이고, 그 속에서 일본어로 작품을 쓰면서 내 시점이 재일 60만 동포라는 대상의 틀을 벗어나 의식적으로 일본의 국민과 관계를 가지려고 하는 것 정도일 것이다.

그렇다면 이것은 잘못된 것일까? 아마 이 자체는 틀린 것이 아니라고 보지만 불안이 없지는 않다. 그것은 한 사람의 민족시인으로서의 입장을 견지하기보다 세계인적 시야에서 시를 쓰는 편이 훨씬 고통이 적다는 사실에 대해서다.

나는 아직 자기폭로다운 것을 하지 못한 채 이미 주어진 지면을 초과해버렸다. 새삼스럽지만 내 공부부족으로 얼굴이 붉어지는 느낌이다. 전술한 여교사의 편지를 좀 더 인용하며 내 결론을 재인식하기로 한다.

—전략—학생시절 처음으로 학교 도서관에서 『조선은 지금 투쟁의 한가운데에 있다朝鮮はいま戦いのさ中にある』(허남기許南麒 역편의 조선시집. 필자)를 발견했을 때의 기분은 신선했습니다. 하지만 솔직히 말해 신선함 이외의 그 어떤 것도 아니었습니다. 조국에 대해 일체의 기억을 갖지 못한 자에게 그곳에서 행해지는 투쟁도 관념상의 지식밖에 주지 못합니다. 소설 『현해탄』을 읽었을 때 나는 처음으로 책이 나에게 매우 가까이 왔다는 것을 느꼈습니다. 그리고 선생님의 시 『지평선』을 읽고 그것이 더욱 가까워진 것을, 비로소 내 고통이 반영된 것을 발견한 기분이 들었습니다.

'반쪽발이라는 말'에 대해, 일본에 있어서의 민족교육의 방식과 함께 앞으로의 과제로 삼고 싶다 (『지평선』 후

기.필자)는 말씀은 완전히 저의 생각이기도 했기 때문입니
다. **하물며 그것이 '문학'에서는 어떻게 되어 갈지를 알
고 싶습니다.**[2]—후략—

내 혼미함이 아직 이론적으로는 다 밝혀지지 않았다 해도
내 작품의 장이 이러한 세대적 괴로움을 떠나 성립될 수 없
는 것만큼은 분명한 듯하다. 그것도 다른 수단이 아닌 '문
학'이라는 방법을 통한 싸움, 즉 이같은 세대적 고통을 타
파할 수 있는 것은 내 경우 '시' 밖에 없고, "이 시와 투쟁
할 수 있는 것은, 또 투쟁해야 하는 것은 시이다. 시뿐이
다"라고 한 마야코프스키[3]의 주장으로 귀결된다.

부기

처음에는 무라이 헤시치村井平七 씨의 에세이까지 다룰 생
각이었지만 쓰는 동안에 여유가 없어져 결국 언급하지 못하
고 끝나 버렸습니다. 다른 기회가 있을 것 같지도 않기에
에세이를 보내주신 것에 대한 감사와 함께 간추린 나의 감
상을 두세 가지 적어두고 싶습니다.

조감도적 작품구조의 설치에 대한 지적을 감사한 마음으
로 솔직하게 받아들입니다. 다만 작품 『후지富士』의 해명에
대해서는 우리와의 입장 차이를 여실히 통감했습니다. 그
경우 『후지』가 김일성 혹은 김시종이어야 좋을 리 없고 그
것은 어디까지나 일본인 자신입니다. 우리 조선인과의 유기
적 관계를 『후지』에 가탁했습니다. 그리고 호세 오르데가[4]

---

2) 원문은 방점
3) Mayakovsky(1893-1930): 러시아 프롤레타리아 작가동맹. 기존 러시
   아 문학의 전통을 깨고 파격적인 형식과 내용을 담은 새로운 문학을
   추구함.
4) Jos Ortega y Gasset(1883-1955): 스페인의 철학자. '기술론'이란

의 기술론은 차치하고 "시가 전달 수단이 아니라 독자 앞에
무엇보다도 거대한 곤혹스러움을 던지는 작업"이라는 설은
일정 부분 인정하지만 정면에서 반대합니다. 내 경우 역시
시는 전달 수단이라는 생각입니다. 두서없는 글을 읽어주셔
서 감사합니다.

「기술의 사상(Meditacion de la tecnica)」(1939)을 의미하는 것으로
보임.

오노 도자부로 선생 방문기

홍윤표

7월 1일은 폭우가 왔지만 편집부 정인, 김시종, 나 외에 세 사람이 오노 도자부로 씨의 자택을 방문했다.

전부터 진달래가 '오노 도자부로 선생 방문' 계획을 세우고 있던 터에 이 날 오노 씨가 귀중한 시간을 흔쾌히 할애해 준 것이었다.

자택은 아베노구阿倍野区 한난초阪南町의 어느 판잣집. 자필 문패 같은 대문을 밀고 들어가 김시종이 방문 이유를 밝히자 따님이 곧장 2층으로 안내해 주었다. 오노 씨는 마침 매일신문사에 보낼 원고를 봉투에 넣고 계셨는데 "오! 안녕하십니까?" 하고 친근하게 맞아 주었다. 오노 씨의 서재는 다다미 6장 공간으로 엄청난 서적이 빼곡하게 쌓여있었고 의외로 서민적인 분위기였다.

오노 도자부로 씨라고 하면 우선 『풍경시초風景詩抄』와 함께 『대해변大海辺』을 생각하는데 여기에서 오노 씨는 조선인에 대해 적잖이 노래하고 있다. 그만큼 오노 씨와 조선인과의 교류는 깊고 오래되었다. 오노 씨는 여기에 관한 사정을 설명하고 "내가 조선인과 친해진 것은 말이지, 전쟁 중 징용으로 차출된 후지나가타藤永田 조선소5)에 있었을 때였지. 무슨 영문인지 모르지만 일도 없는데 조선에서 끌려온 젊은이가 여기에만 8천 명이나 있었어요"라고 말한다. 오노 씨의 일은 오로지 이 8천 명을 감시하는 역할이었다고 한다. "유쾌했지. 우리는 매일 밤 술을 마셨어. 술은 만들었지. 막걸리도 그때쯤 배웠고. 어쨌든 내 역할은 트럭을 타고 8천 명분의 고추와 마늘을 징발하는 것이었지. 하지만 전쟁 중이라 구하지를 못해 고생했어요. 그 무렵 요시모토흥업吉本興業6) 같은 곳에도 위문하러 와 달라는 교섭을 하러 자주 가곤 했지."라고 젊어 보이는 얼굴을 활짝 웃었다. 이 날 오노 씨는 유카타를 걸치고 있었는데 실팍하게 살찐 피부는 50을 넘긴 초로의 사람이라고는 생각되지 않을 만큼 젊은 활력에 가득 차 있었다. 정말 오노 씨가 지켜준 그 8천 명의 젊은이는 행복했을 것이라고 생각한다. 아는 사람 하나 없는 이국의 괴로운 징용노동자 생활 속에서 오노 씨와의 생활은 그들에게 인간다운 한 때를 부여해 주었을 것이다.

오랜 여행에 지쳐
지금은 말할 기력도 없다.
커다란 짐을 짊어진 채
손잡이에 매달려 꾸벅꾸벅 졸고 있는 자도 있다.

---

5) 오사카부 오사카시에 있던 민간조선소. 일본에서 가장 오래된 조선소. 일본해군함정과 철도차량을 제조.
6) 일본에서 손꼽히는 연예프로덕션그룹. 1912년 요시모토 키치베吉本吉兵衛부부가 시작하여 1913년 요시모토 흥행부吉本興行部를 설립.

일본의 밤은 깜깜해 아무것도 보이지 않는다.

삭막하고

주위는 바다 같은 느낌이 들었다.

「조선의 젊은 친구에게朝鮮の若いともだちへ 심야의 마중深夜の出迎へ」

이 조선소에서 생활하기 전에는, 이 또한 색다르게 노점 상조회의 서기장을 하셨다고 하며, 이 시기에 유명한 『시론 詩論』의 초고를 쓰셨다. 이 『시론』은 전후에 바로 출판되었는데, 간과할 수 없는 것은 태평양전쟁이 한창일 때 파시즘의 광풍 하에서 이미 오노 씨에 의해 〈단가적 서정의 부정〉이라는 일본의 현대시가 완수해야 할 노예운률[7]에 대한 공격이 시작되었다고 하는 것이다.

"시는 습관이지"라고 조용히 말하는 오노 씨의 옆얼굴에 새삼 시인의 확고한 정신의 질서를 느낀다. 마치 그 오노 씨의 의지이기라도 한 듯 오노 씨가 등지고 앉아 있는 벽에 구름사이를 향해 서 있는 거대한 굴뚝사진이 하나 걸려 있었다.

그리고 화제는 시의 단순화로 옮겨졌다. "시의 단순화의 문제는 언어만으로는 불가능하지. 예를 들면 서클시 등에 자주 있는 일이지만 뭐든 표출해 버리는 식으로는 안 돼요.

그 시인이 행동하는 가운데 만들어진 이미지에는 반드시 단순화가 문제가 되고 거기에 해결될 전망이 있는 것이지— 아무리 말을 만지작거려도 그 말의 조합이 행동으로 지탱되지 않을 때, 시의 단순화라는 문제는 해결되지 않아. 독자에게 보조를 맞추는 것이 알기 쉬운 시라고 생각하는 것은 의미가 없어요. 독자의 이미지네이션에 신뢰를 두어야 하지." 라고 말한다. 오늘날 시 운동이 문제가 될 때 그저 리듬과

---

7) 1948년 「노예의 운률奴隷の韻律」론을 발표.

말의 표면적인 움직임만을 생각하는 것은 낡은 사고로 오히
려 시인이 만들어내는 이미지의 성질 그 자체에 움직임이
있는 것으로 생각하는 편이 옳다. 나 같은 경우는 정력학[8]
적이라는 말을 자주 듣지만 격렬한 운동은 표면적으로는 조
용한 질서로 보이는 것이라고 생각한다. 예를 들면 빠른 속
도로 회전하는 회전체는 육안으로는 멈춰있는 것처럼 보이
는 법이다. 위치에너지라는 말을 좋아하는 것은 그것이 영
구적으로 정지해 있는 에너지가 아니라 그 자신 연동의 에
너지로 바뀔 수 있는 상황이므로 아무리 다이나믹한 말을
시에 가지고 와도 그 시인의 정신 속에 운동이 없으면 안
된다고 한다. 오노 씨는 마침 눈앞에 있던 한 권의 미술평
론잡지를 훌훌 넘기면서 "이건 『미술비평』 5월호인데, 여기
에 프랑스 제랄 상제의 '라온시의 교외'라는 풍경화 사진
판이 있지—"하고, 그 사진을 보이면서 아라공[9]은 이 풍경
화를 비평하여 "이건 정말로 한 장의 풍경화 이외의 아무것
도 아니다. 풍경화의 조용함 속에 모든 것, 즉 리얼리티도
민족의식도 있다. 거짓 비장감은 그림자도 찾아볼 수 없다.
게다가 프랑스 회화의 위대함이 있다"고 평했고, 『누벨 크
리티크』[10]의 주필 장 카나파도 "이 그림의 구석이나 표제
에 '아메리카는 나가라'고 쓸 필요는 전혀 없다. 상처받고
짓밟힌 대지가, 밭이, 산울타리가, 그리고 하늘이 우리나라
에 쳐들어온 저 푸른 놈들에게 외치는 것이다"라고 쓰고

---

8) 역학의 일부분으로서 평균상태를 취급한다. 정역학靜力學이라고도 하며,
   물체가 정지하고 있을 때의 힘의 작용 방법의 조건 등을 연구.
9) 루이 아라공(Louis Aragon 1897-1982): 프랑스의 시인·소설가. 『문
   학』 창간으로 다다이즘 운동에 참가했고, 쉬르레알리즘에 가담. 이후
   좌경 작가로 전향.
10) 『라 누벨 크리티크(La nouvelle critique)』

있다고 그 평을 읽어준다. 그것을 오노 씨는 "형상 그 자체를 통해 절규하게 하는 것이지"라고 한다. 오노 씨로서는 "움직임 표면에 나온 아라공의 시보다도 에류아르[11])의 시를 좋아한다"고 웃지만 이 시인에게 시 운동은 막연한 '노래'가 아닌 명확한 '역학'인 것이다.

　마침 이야기 속에서 중국과 조선의 시를 언급했는데 이번에 소겐사創元社에서 「아이칭론艾青論」 [12])을 쓰기로 한 것은 우리에게는 대단히 기대되는 일이다. "조선과 중국 시에는 대단히 유사한 테마, 예를 들면 노동영웅과 생산투쟁의 시가 많은데 어떻게 보시나요? 만일 선생님이 그런 사회제도에 계시다면?" 하고 단도직입적으로 우리가 묻자 오노 씨는 웃으면서 "극히 자연스러운 것이지. 주위가 그런 현실에 있다면 나도 역시 그 테마에 대해 노래할 테지. 그런 새로운 현실에 사는 시인은 행복하다고 보네." 하는 당파성이 분명한 의견이었다. "하지만 그 중에는 슬로건적인 시가 많습니다만." 하고 말하자, "시를 많이 쓰면 그 중에는 그런 시도 나오지. 여기에 역시 문제가 있어. 발전된 사상과 발전된 사회제도에 살고 있다고 해서 뛰어난 시를 쓸 수 있는 건 아니야." "그건 다시 말해 『현대시입문』(3월호)의 선생님의 방문기 속에 있던 '사상으로서는 아무리 옳아도 문학으로서는 도움이 되지 않는다'는 뜻입니까?" "아니, 나는 그런 의미로 말한 건 아니야. 문장이 오해의 소지가 있네. 문학을 하려면 역시 바른 사상을 가져야 해. 이것이 가장 중요한

---

11) Paul luard(1895-1952): 다다이즘 운동에 참여했고, 초현실주의의 대표적 시인으로 활약한 프랑스 시인.
12) 아이칭(艾青.1910-1996): 중국 상징주의 경향의 시인. 반파시즘 시인으로 데뷔. 작품에는 시집 『대언하大堰河』, 『오만유吳滿有』, 『북방北方』등이 있고, 그 밖에 『시론詩論』 등이 있음.

문제라고 생각하네. 특히 젊은 사람에게는 말이지. 다만 그 사상을 움켜쥐고 대상에 기계적으로 맞서거나 사물의 시비를 판단하거나 하는 것은 무의미한 일이고, 역시 그 시인의 감성 속에 변혁이 일어나야 하는 법이지”하고 말한다. 바른 사상성의 확립, 이것은 오늘날 시를 하는 사람이 시에 살기 위한 가장 중요한 문제인 것이다.

“우리 진달래가 지금 가장 괴로워하는 것은 모국어로 시를 쓸 수 없다는 것입니다만 회원 대부분이 일본에서 태어나 일본에서 자라 시의 발상도 일본어로밖에 할 수 없는 상태입니다.”“음, 음.”“그래서 우리 사이에서는 지금 일본인적인 요소를 파헤쳐 진정한 조선민주주의인민공화국 공민으로서의 자각을 시를 통해 가지려 노력하고 있습니다!—.”

“음, 음. 자네들의 고민은 잘 알겠네. 그 점이 일본의 독자에게도 커다란 격려가 되는 부분이지. 모국어로 시를 쓰는 일은 중요해. 다만 자네들 시에 일본의 시인과 독자가 격려받고 용기를 얻는다는 것을 잊지 않았으면 하네. 일본어 시도 썼으면 하고. 다만 거기에서 주의해야 하는 건 조선인이라고 하는 특수성에 의존하지 말고 뛰어난 시를 쓰기를 바라네.”하는 오노 씨의 말은 우리 진달래의 일에 깊은 관심과 이해를 나타낸 말이었다. 이 오노 씨의 말을 우리는 일본 시인의 한 의견으로서 그대로 받아들여도 좋을 것이다.

“나는 말이지, 이전부터 생각해 오던 것인데 자네들이 조국에 돌아가고, 내가 자네들 있는 곳을 방문하고, 자네들 나라에서 만난다면 얼마나 좋을까. 분명 좋은 나라가 되어 있을 거야.”“물론이죠! 선생님. 꼭 와 주세요. 기다리겠습니다. 그런 날이 하루라도 빨리 오기를 우리는 기다리고 있습니다.”“국교 회복, 회복.”오노 씨와 우리는 무심코 밝은

웃음소리에 빨려 들어갔다.

그리고 오노 씨의 취미자랑이 시작되었다. 취미는 파칭코
와 야구. ─ 매우 서민적인 것이어서 재미있다. "파칭코도
시와 관계있습니까?" "취미가 그 인간생활에 관계가 있다고
한다면 뭐 관계가 없지는 않지." 하고 박장대소. 야구는 연
식야구로 상당한 베테랑. 작가인 후지사와 다케오藤沢桓夫13),
나가오키 마코토長沖一14)와 만담의 아키다 미노루秋田實15) 등
과 팀을 만들어 오사카의 그라운드는 한 번씩 다 밟았다고
한다. 사진북 속에서 유니폼 차림의 배트를 가진 용감한 모
습(?)을 보여주셨는데 칼을 휘두르는 솜씨는 타격왕이라고
할 정도다. 수비는 세컨드. 마침 같은 사진첩에 오노 씨의
친동생도 찍혀 있었는데 2차 대전에서 전사하셨다고 한다.
그러고 보니 사진을 가리킨 오노 씨의 손가락 끝에는 슬픔
이 묻어있다. 큰형은 나라奈良에 건재. 가족은 부인, 따님이
4명, 아드님이 3명. "우린 좁은 판잣집에 북적거리며 살
아." 하고 환하게 웃는 오노 씨는 좋은 아버지이기도 하
다. "일요일은 요즘 대개 집에 있으니 또 와요." 하고 말씀
하시는 오노 씨의 말에 우리는 깊은 감사를 표하고 비가 그
친 밖으로 나왔다.

---

13) 후지사와 다케오(藤沢桓夫 1904-1989): 藤沢恒夫는 오기. 구제旧制 오
  사카고교大阪高校 재학 중에 다케다 린타로武田麟太郎 · 나가오키 마코
  토長沖一 · 하야시 히로쓰구林広次 등과 동인지『길마차辻馬車』를 발
  간. 도쿄제국대학 재학중 '신인회'에서 활동, 프롤레타리아문학으
  로 전향.
14) 나가오키 마코토(長沖一 1904-1976): 만담작가, 연출가.
15) 아키다 미노루(秋田實 1905-1977): 만담작가. 본명은 하야시 히로쓰
  구林広次

비둘기와 빈 의자

홍윤표

8월의 해질녘
노란 칸나 꽃에 둘러싸여
나는 기다리고 있었다

머나먼 구름 사이를 누비며
히로시마広島의 하늘에서
나의 비둘기가 돌아왔다

돌아온 내 비둘기의
한 쪽 눈알이 뽑히고
그 자리에 작은 빈 의자가 박혀 있었다

깊은 생각에 잠겨 그 빈 의자를 제거하자
흐슬흐슬한 인간코크스16)가
끊임없이 나왔다

그것은

---

16) 석탄을 건류하여 만들어진 탄소질의 고체 연료. 해탄骸炭이라고도 하
며, '코크스'는 독일어 Koks에서 온 말.

조선의 산야에서 네이팜탄[17)]에 타죽은
나의 동포였다.

그 한 사람 한 사람을
나는 칸나 옆에
묻었다

노모어 히로시마
노모어 나가사키
(거절된 또 하나의 노모어)

상처 입은 나의 비둘기를
내 속의
비둘기 집에 넣고

기나긴 해질녘의 세계로
하나의 작은 눈알을 찾아
나는 길을 떠났다

---

17) 알루미늄·비누·팜유·휘발유 등을 섞어 젤리 모양으로 만든 네이팜
을 연료로 하는 유지소이탄油脂燒夷彈.

소년

정인

탁 트인 조망에
바다가 있었다.

붉은 꽃이
초라하게 피어 있다.
외면당한 마음을 안고──

발 밑 깊숙이
계곡이 물거품이 일고　몸부림치고 있었다.
무도회와 같은
그런 우아한 것이 아닌
거칠게 싸우며
때때로 잠시 멈춰 서서는　꽃을 잊고 간다

소년은 진심으로 스케이트를 타기 원했다
저렇게 넓은걸

소년의 그림자는
마을을 넘어 바다에 달했다.
하늘에 일곱 색의 무지개를 남기고

태양은 산등성이로 사라져 갔다.
소년은 발밑에서 저물어가
그리고 나비가 되었다.

거리도 바다도
애써 감추고 있는 것은 어둠.

파리

정인

정적이 시간을 침식한다.

눈꺼풀을
거대한 녀석이 스치고 지나갔다.

검고 거대한 것이 한 마리
밤을 헤집고 초조해 한다.

낮을 뒤적거리다 속아
고개를 갸우뚱하고 있다.

숨을 고르고   덤비듯
다시 한 번 나간다.

나는 왠지 시시해져
소형램프 스위치를 껐다.

어둠 속에서 아직도 날개를 비비고 있다.
끈질긴 녀석!

매미의 노래

권동택

심한 가뭄에 굴하지 않고
매미는 노래한다
모두 몸부림치는 여름에
지나가는 시간을 아쉬워하며
매미는 소리 높여 노래한다
늠름한 소나기구름에 투혼을 불살라
세찬 빛에는
세찬 분노의 노래로 답하며
생명 있는 한 오로지 울어대는 매미
그 노래는 고속회전하는 그라인더가
검은 강철을 마모시키는 소리다
새까만 하늘에 흩어진 붉게 달궈진 철가루가
나뭇잎 사이로 새어나와 땅을 찌른다 땅을 태운다

한여름 테너들의 대합창에
병든 바람도 소생하고
병약한 아이의 창가에 고개 숙인
해바라기 꽃도 곧게 고개를 든다
그늘에 웅크리고 있던 사람들도

일어나 깊이 빠져버린 수레바퀴에 굵은 팔을 대었다
그들이 가는 곳은 가로수길
매미의 노래는 끝없이 이어진다.

기증 감사합니다.

『시궁창どぶ川』5,6『성읍城下町』3,3,4『젊은이若者』3
『수목과 과실樹木と果実』5,6,7,8월호『별꽃はこべ』2
『생활과 문학生活と文学』5월호『동지仲間』16,17
『램프ランプ』창간호

바다의 기억

권동택

바다를 보면 내 피는 끓어오른다
태어난 건 해변가 작은 배의 요람이었다
바다 내음 나는 유방을 그리워하며
파도소리 자장가에 잠들고
노의 삐걱거림에 잠을 깬 해변의 기억이 있다
바다에는 어머니의 냄새가 있다
바닷물의 향기를 들이쉰 내 가슴에
해조가 발버둥 치듯 크게 흔들렸다

모래를 밟으면 내 피는 타오른다.
걷기 시작했을 때 모래해변 조개껍질이 희었다
구릿빛 아버지의 양손에
안아 올려져
뺨을 부비는 수염이 아파 울었던 해변의 기억이 있다
바다에는 아버지의 아픔이 있다

내 손이 해조음에 닿았을 때
내 마음에서 갈치 떼의 유영이 있었다.

흐린 하늘

양정웅

一

아이가 울고 있다
공장의 기계가 끊임
없이 움직인다
검은 연기가 유유히 나부끼고 있다.
자동차와 전철과
오토바이가 달린다
나는 책상에 엎드린 채
공기의 미묘한
진동을 감지한다.
거미집처럼
온통 둘러친
미세한 신경이 뒤엉킬 것만 같다.
뭐야 이 잔뜩 구름 낀 하늘은.

二

운하의 수면이
너무 늘어지는 것 같지 않은가.
밀감 껍질과 양파와
고양이 시체가

떠 있는 것이 아닌가.
아무래도 이건 보기 흉하다
비가 한바탕　내리면 좋을 텐데
탁류에　뒤섞여
바다로　흘러가면 좋을 텐데.
단호히
이　날카로운 신경을
해부메스로　잘라버릴까.

三
툭 튀어나온 은행.
그 뒤로
납작 엎드린 판잣집이
닥지닥지
붙어 있네　붙어 있어
이제　이런 경치는
질려버렸다구.
이봐　구름아.
폭풍우를 부를 거면　빨리 불러.
무서운 속도로　지나
상쾌한 기분으로
만들어다오.
뭐야　이런　썩어빠진 흐린 하늘은.

[단시]

조리사의 상식

양정웅

우선 머리를 자르고 그리고 내장이다.

공포

양정웅

비가 내리고 있었다.
우산이 너덜너덜해졌다.
우산살이 녹슬기 시작했다.

하얀 손

—오르골이여, 너는 왜 한 소절의 노래밖에 모르느냐?—

김시종

텅 빈
방에
작은 상자가 있다.

듣고
들어서
귀에 익숙한
노래가 있다.

시계의
바늘처럼
궤도에 딱 달라붙은
시작 부분만 있는
노래가 있다.

같은 것을
되풀이하고
그만큼의
같은 몸짓으로

십 년이 지났다.
십 년을 울었다.

작은 상자.
작은 상자.
앞 못 보는 아이의
작은 상자.

어제와 같은
음색이 흐르고
아침에 이어지는
음색이 울고

뚜껑을 덮는다.
뚜껑을 연다.
작은   작은
원폭 고아의
하얀 손.

1956년 8월 10일

인디언 사냥

김시종

내가
이 희극을 만난 것은
결코 우연이 아니다.
토라진 동체를 땀으로 적시며
인디언이 웅크리고 앉아있다.
거기에　남자가 올라타
기를 쓰고 옆구리를 차기 시작했다.

인디언의 인내심도 물론이지만
그 남자의 분노는
볼만했다.
서두르고 있는 그에게는
참으로 각오를 다지기 어려운 듯
맥 빠진 조소에
완전히 화를 내고 있다.

분연히 클러치를 다시 움켜잡았을 때
남자의 형상은 이미 정점에 달했다.
액셀을 힘껏 밟은 채
쭉 편 몸을

나락으로 떨어뜨렸다.

아니 기다려.
보는 나까지
현기증이 나잖아
체인지 기어가 울릴 때는
이미 인디언이
그 장소에 없었던 것만을
이야기해 두자.

구경하는 아이들을 쫓아버리고
모퉁이 전신주에 핸들이 걸려
남자는 번쩍이는 보도에 내동댕이쳐졌다.

소란한 여세를 몰아
옆으로 기울어진 인디언이
아직도 공간을 독주한다.
금이 간 선글라스를 남긴 채

그래서   나는 생각한다.
미국인에게는   더욱 우유부단한
재기才氣가 있는데 말이야, 하고.

무엇보다 인디언을 능숙하게 탈 정도로
미국인 같지 않은 너일 텐데 말이야.

이봐   멈추는 것만으로도
인디언은 저만큼 큰 소리를 지른다고.

1956년 6월 16일

야학생

강춘자

훅 훅 미지근한 공기.
스프링이 너무 잘 들어
위아래 눈꺼풀이 사이가 좋아진다
읽고 있던 것이 손에서 미끌어졌다·····.
· ·

그녀가 문 앞에 섰을 때
등 뒤로 검고 묵직한 철벽을 느꼈다
'하하! 아무것도 아니야
  아까 노려본 그 맥주 배잖아'
그녀의 입술이 일그러졌다.

스르륵하고 자동도어가 열리고
승객이 계단으로 흘러들자
분명 들렸을 소리를 무시하고
그녀는 이미 혼잡함 속으로 종종걸음을 늦춘다.
모두 이 순간이 해결해 준 것이다.

플랫폼의 바늘이 이미 11시를 가리키고 있다
그녀는 여느 때처럼 내일 아침을 중얼거리며
개찰구를 빠져 나갔다.

오키나와

권경택[18)

물이 부족한 곳과 섬 그늘에서
이준[19)은 캐터필러[20)에 더럽혀졌다

접구름 솟는 맹렬한 폭염에
오키나와沖縄는 목마름을 견디고 있다

메마른 목은
굶주린 위장의 위에 있다

굶주린 자의 확장된 눈에 펼쳐지는
눈부시게 빛나는 흰 막사의 긴 줄

막사 맞은편에서
또 새롭게
검은 죽음의 군상이 솟아오른다

---

18) 원문에는 '權敬決' 로 되어 있으나, '決' 은 '澤' 의 잘못으로 보임. 또한, 권동택과 권경택은 동일인.
19) '샘물' 원문 주.
20) caterpillar. 여러 개의 강판鋼板 조각을 벨트처럼 연결하여 차바퀴로 사용하는 것.

섬 전체를 감싸는 잔혹한 암운 아래
소철21)의 황자색 구슬은 가지마다 풍성히 엮여있다

소철의 구슬
지금은 어느 꽃보다도 아름답다

---

21) 일본어로 '소테쓰ソテツ' 라고 하며 극심한 기아를 상징하는 은유표
현으로 보인다. 일본의 戰時와 전후 직후에 있었던 오키나와의 극심
한 기아를 '소테쓰 지옥' 이라 했다. 소테쓰에는 전분이 함유되어 있
어 굶주림에 시달리는 많은 사람들이 소테쓰를 식량으로 삼았다.

거리 한 모퉁이에서

권경택

담뱃가게 모퉁이에서
젊은 남녀가 걸어온다
여자는 눈물을 흘리고
당장에라도 쓰러질 듯한 걸음걸이다
남자는 고개를 숙이고
돌을 가볍게 차고 있다
어깨를 나란히 하고 걷고는 있지만
이제 어쩔 도리 없는 서먹함뿐이다
네거리에서 두 사람은
인사도 건네지 않고
잠자코 좌우로 헤어졌다
서로 뒤돌아보지 않고
점점 멀어져 간다

니시오사카西大阪의 하늘
여덟 개의 굴뚝이 우뚝 솟아있다
시칸지마四貫島22)
변두리 번화가는 저녁 향기로 가득하다

---

22) 오사카부 오사카시 고노하나구 시칸지마大阪府大阪市此花区四貫島

불안

김인삼

로켓은   공중에 버려졌다
계산한 대로, 관성으로   유도탄은 위로

던져준   먹이로
아이는   원숭이와 사이가 좋아졌다
로켓은   그들보다 작지만 철로 만들어졌다.

부부는
어릴 적을 떠올리고 있다
하지만.
사과가 떨어지는 것을 보았다····할 말을 잊었다
변색하면   열매가 흐물흐물해지는 모양이지만

1956.7

게의 대사

성자경

폐가 울어
해수욕을 갔다

자갈 토치카에
게가 놀고 있었다

멋진 팔등신의 아기가 가도
보디빌딩으로 단련한 태양보이가 가도
게는   자갈 토치카로 도망친다

폐가 울어   너를 붙잡는 거란다
먹고 싶대   게 양반
간장 속에   게 양반   너를 넣는 거라고
폐가 갖고 싶다고 한단 말이야

폐가
접시 위의 게를 먹으려고 하자
게가 말한다
  "기다려 주세요   폐 양반
   나는   진남포에서 인천으로 갔다

인천에서 고시엔甲子園으로 왔어요
진남포에서 인천으로
친구가 되려고 갔지요
끼어 주지 않더군
인천 해변은 물이 얕고
모래도 좋고   날씨도 좋고
거품 파라솔을 쓰고 걸었지
이제 슬슬 게가 있을 법한데‥‥
돌멩이 토치카에
굉장했어   집게를 갈며
'‥‥뭐 친구? 당치도 않아'   라고 하더군
하지만, 단념할 수 없지
좋아! 일본에서 건너가자   그렇게 생각하고‥‥
폐 양반 당신 꽤 지친 모양이군요‥‥
음, 음, 그렇군요
당신 동료가 싸움을 했단 말이죠
그래서   당신이 화해시키려고, 음, 음
화해를 하지 않아‥‥"

"게 군, 자네를 먹는 건 그만두지
뭐, 자네는 살 같은 건 있지도 않아
그건 처음부터 알고 있었어

                      나
나 다시 한 번   아니 세 번이고 네 번이고
내 동료에게 묻겠어
싸움   그만두지 않겠느냐고"

사등 밥

—옥중에서의 노래—

김탁촌

내 이름은 사등 밥四等飯
원주형의 묵직한 내 몸
내가 사는 이 세계
내가 일하는 이 사회는 좁지만
내 권위는 바위처럼 움직이지 않는다
아침, 점심, 저녁
나를 보지 않고는 잠들 수 없다고 하고
나의 냄새를 맡는 것만으로 기뻐하고
내가 가는 것을 손 내밀고 기다린다
그런 내 24시
때때로 내가 쉬려 하면
나를 그리워하여 배를 울리며 걱정하기도 한다
아아 내 명예는 권위 위에 걸터앉아 마음이 근질거린다
게다가 이 나처럼 잡다한 경험자를 만나
게다가 이 나처럼 풍부한 화제를 접한 자
그런 자는 이 넓은 세계
이 나 외에 있을 리 없다
내 이름은 사등 밥

부녀 가요잡기婦女謠雜記

김평선

누나　누나　사촌 누나
시집살이는　어땠어요.
도무지　말이 안 돼
당초 색만큼이나　고운 치마도
눈물을 닦고 닦아　모두 바랬다.
멍석 한 장　깔아도
다리를 뻗는 건　시누이뿐
쌀겨가 산더미처럼　나온다 해도
같이 사는 소가　먹을 뿐
싸라기　모아본들
같이 사는 새가　먹을 뿐
쌀 한 되를　가마솥에 지어
먹어보라고　말도 하지 않는구나　　(충북)

　이 민요(부녀 가요)는 이조 봉건시대의 가정생활을 눈물로
그린 것으로 부녀 가요에는 결혼의 고통과 비애를 호소한 것
이 대단히 많고 모두 원망과 저주의 소리가 포함되어 있다.
　이조 오백년 봉건사회 조선인민의 생활을 지배한 대부분
은 유교사상이고 지배계층은 그것을 자기의 세력확장을 위
한 도구로 삼았다. 그 위에 30여 년에 걸친 일제의 노예통
치는 조선사회를 암흑과 공포와 피와 혼란의 세계로 몰아넣

었다. 노동자 농민의 생활은 비참했고 특히 조선 여성 대다수의 운명은 그보다 훨씬 혹독한 것이었다.

요람에서 무덤에 들어갈 때까지 그녀들은 비천한 살아있는 상품으로 취급당했고, 혼례 날부터 본 적도 없는 시어머니와 남편의 충실한 노예로 한평생을 살아야 했다.

딸의 낮잠에는 떡으로 살살 치고
며느리의 말뚝잠 다듬잇돌로 호통친다. (경북)

때문에 아무리 순종하는 '훌륭한 며느리'라도 이 같은 무자비한 처사에 반항하지 않을 수 없었다.

시어머니 죽으라고 소원 빌었더니
고향의 어머니 죽었다네　(경남)

시어머니의 낯짝도 뻔뻔스럽구나
저런 아들을 낳아 놓고
용케도 나 같은 며느리를 맞았구나　(충북)

이와 같이 봉건제도 하에서 조선의 여성은 말할 수 없는 고통과 비애를 경험해 왔다. 그리고 아무리 괴롭고 비참한 처사를 당해도 며느리는 참고 견뎌야만 했고, 또 남편이 죽으면 '열부'로서 여생을 시어머니의 노예로 살아야 했다. 그러나 그것은 인간으로서 도저히 견딜 수 없는 것이었다.

남편 먼저 죽으면 이 세상 끝나고
어차피 열부로 불릴 리 없으니

될 대로 되라 깊고 깊은 한강 물에
이 몸 빠져 죽는 것이 낫다   (전북)

과거 조선의 여성은 남편이 첩을 여러 명 두어도 조용히
참고 있어야 했다. 조금이라도 거스르면 어떤 일을 당할지
모른다. 하지만 최후의 '실낱같은 행복'까지 빼앗는 첩에
대해 갖는 며느리의 증오는 인간 본래의 모습이 아닐까.

하늘에 베틀 놓고 구름에 바디[23] 걸어
찰칵 찰칵 베를 짜면
사망통지서 한 장 날아온다
한 손으로 받아 양손으로 펼쳤더니
첩년 죽었다는 통지
첩 년 첩 년 잘 죽었다
인둣불로 태워 죽여도 부족한 년
담뱃불로 지져 죽여도 부족한 년
잘 차려진 반찬도 맛없었는데
소금 뿌린 밥조차 맛만 좋구나.   (경기)

인습의 채찍에 신음하고 괴로워하는 그녀들이 유일한 의
지로 삼는 남편조차도 대부분은 나이가 젊어 누나와 어머니
역할을 해야 했다. 과연 여기에 무슨 즐거움이 있고 무슨
행복이 있을까? 때문에 그녀들이 결혼을 '인생의 무덤'으
로 냉소적으로 본 것도 무리라고는 할 수 없을 것이다.
그러나 1946년 7월 남녀평등권 법령이 조국 북반부에서

---

23) reed. 날실을 일정한 밀도로 배열하고 개구開口로 들어오는 씨실을
앞으로 밀어주는 직기의 부품.

공포 실시되어 봉건시대의 기나 긴 시간 학대받고 암흑의 밑바닥으로 떨어져 있던 조선의 여성에게 정치, 경제, 문화 등 각 분야에 있어서 사회적 지위와 인간적 평등을 부여하여 새로운 국가의 새로운 주인공으로 일할 수 있도록 국가의 책임으로 보장했다.

그녀들은 조선민족이 경애하는 지도자 김일성 원수 아래에서 조국해방전쟁에 있어서는 평화와 조국의 통일독립과 행복을 지키기 위해 전선, 후방 등에서 전투적 역할을 다하여 그 속에서 영웅적인 승리를 쟁취했다.

그리고 또 그녀들은 조국부흥 건설사업에서도 민주기지 강화를 위해 솔선 참가하여 사회주의 사회건설에 선진적인 역할을 다하고 있다.

그러나 오늘날의 조선인 여성의 영웅적인 투쟁은 과거 수많은 여성의 존엄한 희생 위에 이루어졌다는 것을 잊어서는 안 된다.

(1956년 7월)
남녀평등권 법령 공포 10주년을 기념하여

[민화]

사랑산　절부암

강상우

잘은 모르지만 강원도 홍원[24] 북방에 사랑산이라 불리는 산과, 그 일각에는 절부암節婦岩이라고 불리는 바위가 있다고 한다.

그리고 이 지방에는 이 산과 바위에 얽힌 다음과 같은 이야기가 전해진다.

옛날 이 산비탈에 젊은 상인 한 사람이 아름다운 아내와 함께 살고 있었다.

상인이라고는 해도 자신의 자본으로 장사를 하는 것이 아니라 별도로 자본주가 있고 그 자본주가 명하는 대로 여러 곳에 장사하러 다니는, 이른바 종놈이었지만 이 젊은이는 부지런하고 마음씨도 좋고 부부 사이는 사람들이 부러워하는 바였다.

그런데 그의 주인은 소문난 호색한으로 전부터 젊은이의 아내에게 도리에 어긋난 마음을 품고 있었다.

어느 날 주인은 일을 핑계 삼아 젊은이를 먼 곳으로 길을 떠나게 했다.

그것은 그때까지 그곳에 간 사람 중에서 무사히 돌아온 자는 좀처럼 없다고 전해지던 위험한 여행이었다. 때문에 젊은이에게 이번 여행은 죽음의 여로로 각오하지 않으면 안

──────────

24) 본래 함경도 홍원읍

되었다.

젊은이 부부의 탄식은 이루 말할 수 없었다.

그러나 죽는 것도 사는 것도 운명이라고 단념한 부부는 할 수 없이 신의 가호를 빌면서 마르지 않는 눈물을 참으며 서로의 얼굴이 보이지 않을 때까지 손을 흔들며 이별하는 것이었다.

그리고 3년의 세월이 흘렀다.

무사하다면 이미 젊은이가 돌아와 있어야 할 시간이 흘러가버린 것이다.

젊은이의 아내는 아침저녁으로 산 일각의 바위 위에 서서 천리길 지금은 돌아오지 못하는 여행을 떠난 남편의 생전의 흔적을 멀리 고갯길에 찾으며 보내고 있었다.

그것은 슬픈 아내의 단념할 수 없는, 다하지 못한 꿈에 대한 추모의 모습이기도 했을 것이다. 또 그것은 경우에 따라서는 소매를 잡아끌며 다가오는 주인의 음탕한 유혹에서 자신을 지켜내려고 하는 갸륵한 모습이기도 했다.

하지만 드디어 못된 주인으로 인해 저주받은 날이 다가왔다.

"너도 지금까지 그녀석이 돌아온다고 믿고 있는 것은 아니겠지. 모두 운명이라고 단념하거라. 앞으로는 내가 너의 뒤를 봐 주겠다. 처녀도 아닌 너를 예뻐해 주겠다는 거다. 모자라진 않을 게야."

기다리다 못해 노골적으로 다가오는 주인을 향해 젊은이의 아내는 대답했다.

"비천한 여자에게 정조는 필요 없다고 하시는 겁니까? 아무리 부호, 양반의 여자라고는 해도 어차피 첩은 첩. 인륜에 벗어나는 것 아닙니까? 아니면 비천한 몸은 양반의 명령이 있으면 목숨도 정조도 호랑이 앞의 쥐 같은 것이라고 말씀

하시는 겁니까?"

　의외로 격렬히 거절당한 주인은 미친 듯이,

　"이년! 그럼 호랑이 앞의 쥐가 아니기라도 하다는 게냐?" 하고 폭력으로 젊은이의 아내를 그 자리에 꿇어 앉혔다.

　저항할 힘도 다해 "여기까지만 하자"라고 마음속으로 결심한 후, 젊은이의 아내는 주인의 무릎 아래에 조아리면서 슬픈 목소리로 말했다.

　"역시 호랑이에게 잡힌 쥐는 도망갈 길이 없습니다. 잘 알겠습니다. 부디 내일 밤까지 기다리십시오. 이 집 안에서 남편 냄새를 깨끗하게 치운 후에 나리의 정을 받아들이지요."

　그 말을 들은 주인은 대단히 기뻐하며 "네가 그렇게 마음먹는다면 뭐 난폭하게 할 생각은 없다. 떡을 먹을 때도 맛이 나게 먹어야 제 맛인 법이니." 하고 다음날 밤을 약속하고 마음이 들떠 돌아갔다.

　주인을 돌려보낸 후 젊은이의 아내는 집 안을 깨끗이 정리하고 그날 밤 내내 언제나 가던 그 바위 위에 우두커니 서서 밤하늘의 별에 지난날의 추억을 쫓으며 달에게 신상의 불행을 호소했다.

　'길다'고 해도 하룻밤이 그리 길지는 않다.

　이윽고 동쪽에서 한 줄기 빛이 비춤과 동시에 첫 닭 울음소리가 밤의 정적을 깼다. 반사적으로 바위 위에 선 젊은이 아내의,

　"닭이여 울 거라면 이 불행한 여자에게 내세는 양반집에 태어나라고 울어주렴." 이런 중얼거림에 답이라도 하듯 계속해서 두 번째 닭 울음소리. 그리고 세 번째 닭 울음소리

를 신호로 젊은이의 아내의 모습은,

"서방님" 한마디를 산 계곡에 슬프게 메아리치며 발밑의 절벽으로 빨려들어갔다.

사람들은 이 이야기를 전하며 그 산을 '사랑산', 그 바위를 '절부암' 이라 부른다.

그것은 사람들의, 아름다운 사랑에 대한 감상이기도 할 것이다. 그러나 그것은 또 포악한 양반·부호에 대한 숨겨진 비난이 아닐까?

『태양의 계절』[25)]에 반발하여

오홍재

학생작가라고 떠들썩한 한 청년의 소설이 문단에서 드물게 화제를 던지고 있다. 분명히 이 소설은 이른바 이색작이라는 데 대해서는 문제가 없다고 본다.

적나라한 정열이 작품 전체에 생생하게 흐르고 이미 그곳에 오랜 윤리관과 베일에 싸인 인간상은 무너져버렸다.

작렬하는 태양 아래에서 약동하는 청년들 모습에 또 섹스를 쾌락으로 결론지은 사상에 나는 일종의 통쾌함을 느꼈다. 그리고 적잖이 당황한 것도 사실이었다. 하지만 나는 이 소설을 읽고 무언가 부족함을 느꼈다. 그것은 감동이 없다는 것이었다. 청년들(소설 속의 인물)의 행동은 너무나도 현실 생활에서 유리되어 부도덕한 연애삼매에 빠져있고 거기에 생활의 혹독함이나 고뇌는 편린조차 엿볼 수 없었다.

아마 이시하라 신타로石原愼太郎라는 작가는 적나라한 섹스 묘사에 의해 새로운 윤리성?을 추구하고 대담한 필법으로 현실 사회에 저항하고 있는지도 모른다. 만일 그렇다면 수상한 사대사상이라고 말할 수밖에 없다. 그렇다고 해서 나는 섹스가 인간의 가장 중요한 조건의 기초라는 것을 무시하는 것은 아니다. 오히려 현대까지의 문학이 섹스의 활동성에 있어서 너무 겁쟁이였다는 것을, 또 인간성의 진실성을 추구하고 인간의 존재방식을 철저하게 규명하는 것에 중

---

25) 石原愼太郎 『太陽の季節』. 1956년 아쿠타가와상 수상. 『文学界』 1955년 7월에 신인상 수상작으로 발표되었고 1956年 니카쓰日活에서 영화화되면서 이른바 '태양족太陽族'이 유행함.

점을 두는 한, 섹스를 무시하고 숨기려는 것은 진정한 문학 작품이라고 할 수 없다고 본다. 그러나 그렇다고 해서 섹스를 적나라하게 그려내고, 그것만으로 사회에 대한 배신, 저항을 폭로하는 것은 너무나도 주제넘은 의도일 것이다.

섹스에 전인간생활의 핵심을 두는 작가는 어떨지 모르지만 우리가 사회에 대한 반항을 생각할 때 그것은 현실 사회 제도, 기구의 모순에 대한 격렬한 비판이 아니면 안 된다.

[15호의 문제점]

◎진달래 15호를 내면서 당연히 마주해야 할 하나의 주요 명제에 직면했다. 시집『지평선』으로 시작한 홍윤표의 '유민의 기억'이라는 명제의 제시는 진달래 3개년의 결산에서도 평가할 만한 문제점이었다고 생각한다. 이것이 일시적인 것으로 끝나지 않고 향후 계속해서 규명해야 함은 말할 것도 없지만 단순히 이것이 김시종 한 개인의 문제에 머무르지 않도록 하는 것 역시 중요하다. 표면화된 '유민의 기억'조차 없는 조선청년들의 내부의 실체는 무엇일까? 그 무형의 유민적 기질에도 가차 없는 조명이 비춰져야 할 것이고 나아가 우리는 재일조선인 전체의 문제로서 가지고 가야 할 임무가 있다. ☆독자의 공감을 전제로 한 작품의 설정, 수법을 우리는 아직 무비판적으로 계승하고 있다.『솔개와 가난한 남매』에 보이는 영상적 공감, 아이에게 인형극만 시키고 있는 무책임한 입장을, 설령 일부 독자에게 공감이 있었다 해도 그것은 받아들여야 할 이유가 물론 없다. (김시종)

[회원 소식]

☆**정인**『생활과 문학』5월호에 작품「자동차 내구레이스」게재. 요즘 크게 커브를 틀어 더욱 질주『수목과 과실』 9월호에도 진달래가 당면한 문제에 대해 쓰고 있다. 그의 다음 기록은 무엇일까?

☆**김시종** 조용히 자복雌伏하고 2년, 고대했던 퇴원이 눈앞에 다가왔다. 9월로 병상과 이별. 낮잠 자기 좋은 가을에 퇴원한다는 것은 아주 불운이라는 김 군의 변. 하지만 낮잠은커녕 오히려 8월에만도『현대시』『수목과 과실』『국제신문』 등에 6편의 작품을 썼다. 목하 퇴원 후에 살 집 구하기에 분주.

☆**강정애**姜貞愛 순수한 조선여성, 진달래의 '유민의 기억'이 평가절하되려고 하는 것. 교육강습회도 끝나고 민족교원으로서 부임을 기다릴 뿐.

☆**오흥재**26) 간사이 대학 재학 중. 이번 호에「『태양의 계절』에 반발하여」라는 단문을 기고했다.『태양의 계절』에 반발한 앞으로의 활동이 기대된다.

---

26) 원문에는 '舉興在'로 되어 있음.

편집후기

진달래의 합의 중에 최저 월 1편의 시는 쓰자고 한 약속
이 있다.

이 약속이 지켜지고 있는지 어떤지에 따라 진달래꽃이 피
거나 시들거나 한다. 말하자면 이 최소한의 약속이 가장 필
요한 자양분인 것이다. 쓰지 않는 시인이라고 스스로 말하
는 사람이 있다면 적어도 판토마임에 의한 의사표시라도 하
기를 바란다. 만일 진달래를 사랑하는 사람이 있고 한 편의
시와 평론, 에세이 등을 투고해 준다면 진달래는 더욱 색을
더해갈 것이다. 독자 여러분의 관심을 기다린다.

겸허할 것, 이것이 우리의 작풍이다. 우리의 평론활동이
활발해질수록 자기에 대한 분석이 더욱 예리해지고 그것은
그대로 시에 대한 우리의 새로운 인식이 되는 것이다. 이러
한 상호원조를 보다 강화해 갔으면 한다.

8월 초순, 재일조선문학회 위원장 남시우南時雨씨를 모신
좌담회를 오사카에서 가질 수 있었는데 역시 그 자리에서
우리의 운동이 복잡한 양상을 나타내면서도 서서히 조선문
학의 바른 흐름에 부합하고 있음을 인정했다. 우리의 노력
이 더욱 필요하다.

오사카에서 조선인의 문학학교를 연다면 중앙에서 강사진
을 파견한다는 재일조선문학회의 제안에 우리는 두 손 들고
찬성하는 바이다. 이 일을 독자들의 운동으로까지 확대해
가고 싶다. 오사카 문학애호가 동포의 협력을 바란다.

다음 호부터는 조국의 시도 소개하고 싶다. (홍윤표)

ヂンダレ 16号

発　行　一九五六年八月二十日

　　　　　価　四十円

編　集　部　洪允杓　金時鐘

　　　　　　趙三龍　金仁三

発行代表者　鄭　仁

発　行　所　大阪市生野区猪飼野中

　　　　　　　五ノ二八

　　　　　　大阪朝鮮詩人集団

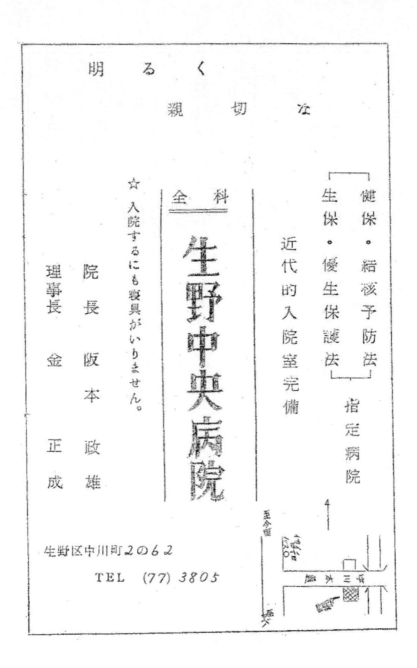

明るく
親切な

全科
生野中央病院

☆ 入院するにも寝具がいりません。

院長　阪本　政雄
理事長　金　正成

健保・結核予防法
生保・優生保護法
指定病院

近代的入院室完備

生野区中川町2の62
TEL (77) 3805

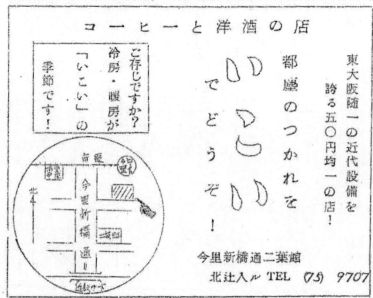

第17号

1957 17号

大阪朝鮮詩人集団

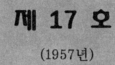

제 17 호

(1957년)

목 차

합평 노트
편집후기

チンダレ 17号

目　次

作　品

봄

홍윤표

돌아오렴
싱그런 아침이여
푸른 하늘같은 눈동자의
아이들이여
희망이여 미소여
돌아오렴

이 울퉁불퉁한 땅도
조그만 발들의 뜀박질로
평평하게 될 테니
나지막한 교실도
밝음이
더할 터이니

이 길을
단숨에
달려오렴
겨레의 아이들이여
이제 너희들을
가로 막는 자는
사랑을 베어버린 자들이다

뛰어 오렴
땀에 밴 봉오리여
그 란도셀에
조국을 채워 줄 테니
푸른 지도를
열어줄테니

아침

홍윤표

누덕누덕 기운
앙증맞은 엉덩이 위에
가방이
춤춘다

달려간다
벨이 울리는 쪽으로
일제히
뛰어가는 아이들
손가방
보자기 가방
란도셀

저 이슬 길에서도
얼굴을 내민다
밤송이머리 단발머리
"빨리 빨리"
손에 손잡은 꼬마형제

모두 씩씩하게
넘어진 아이도
뒤를 보렴 뒤를 봐
달려간다
유리 깨진 학교로
낮은 교실로

숨이 넘어가면서도
늦지 않으려 달려간다
조선 대지도가 있는
교문으로
공화국 국기게양대로……

우르르 달려간다.
아이들 위에
아침 해가
찬란하게 쏟아진다

꿈속의 현실

김화봉

나는 영하 40도의 마나슬루 정상에
맨발로 서 있었다.
불러대면 다다를 곳에 검고 큰 태양이 있었다.
하늘을 검은 구름이 달리고
(높은 산 특유의 기상문화?)
야 비행기야!
천, 만, 억?
(어디로 무얼 하러 날아가는 걸까?)
광선을 가린 군영群泳이 시선 가득히 움직이고 있었다.
텅 빈 머리에 목차木車가 헛바퀴 돌고 있었다.

나는 포츠머스[1] 방파제에 서서
푸른 태양이 잠기는 넘실대는 수평선을 바라보고 있었다.
온통 뒤덮인 강철로 바닷빛은 없었다.
순양함에서 토해낸 붉은 연기가
하늘의 푸르름을 가르고 있었다.
(무엇일까?)

---

1) 1904년 러일전쟁에서 승리한 일본이 조약을 체결한 곳으로 미국에 있
　다. 일본은 이 조약을 통해 사할린 남부를 획득하고 조선에서의 독점
　지배권을 인정받았다.

짙은 안개에 푹 젖은 신경이 혼탁 속에서 발버둥치고
있었다.

60도로 기우뚱한 엠파이어의 장신.
나는 전망대의 난간에 매달려서
호화로운 광기의 파티에 눈을 부릅뜨고 있었다.
광기어린 불꽃은 나의 눈동자를 뽑고 싶어 안달이 났다
범하는 자 없는 진홍빛.
사람들은 순백의 옷을 입고 우주 밖으로 여행을 떠나고
있었다.
(누가 먹기 위해서 뉴욕을 굽는 것일까?)
텅 빈 머리에 거미집이 있었다.

나는 머리가 없는 레닌 동상 앞에서
녹슨 비를 맞고 있었다.
회색의 세계
삶이 없는 완전한 폐허의 시야에
19세기풍의 우아한 돛단배가
볼가강2)의 파도 사이에 조용히 떠돌고 있었다
그것을 좇는 나의 눈에 눈물이 넘쳤다

_____

2) 러시아 서부를 남부로 흐르는 길이 3,700km. 유역면적 138만㎢의 유
   럽 제1의 강.

슬그머니 다가오는 갈색 죽음의 적막 때문만은 아니다
회한
스펀지 같은 폐를 양손으로 짓누르는 회한이……
(회전을 막은 지구에 삶을 남기고 싶다!)
검고 푸르고 붉고 두꺼운 막이 쳐진 의식 속에서
나는 필사적인 비명을 지르고 있었다.

명견

김화봉

이것도 인간의 범주에 들어가는 걸까?
인간이라면 두발을 가지고 있어야 할 것이고
양손은 보행을 도와주기 위한 존재는 아닐 터인즉……
동물원의 우리에라도 처넣어서
아프리카산『인견』이란 팻말이라도 달면
문명인을 자부하는 사람들이
우르르 몰려들 것인데
나일론으로 감싼 스마트한 다리가
닳아빠진 게타 짝이
검은 배지가
광택이 눈부신 새 구두가
바위에 부딪혀 둘로 갈라지는 강물처럼
명견의 앞에서 좌우로 찢어진다
'나는 임팔 작전3)에서 수류탄으로 양다리가 박살나고……'
목에 매달린 골판지가
나의 주인이 인간이라는 사실을

---

3) 1944년 3월에 일본 육군에 의해 개시되어 7월 초순까지 계속된 엔쇼루
   트(중일전쟁에서 중국을 돕기 위한 미국, 영국, 소련 등의 연합국의 보
   급루트) 차단을 전략 목표로 인도 동북부 지방 도시 임팔 공략을 목표
   로 한 작전.   역사적으로 실패한 무모한 작전의 대명사로 불린다.

무심한 다리들에게 필사적으로 호소하고 있다.

인간의 틈새에 서식하는 세기말의 남쪽.

'아지노모토4)'라는 광고 네온사인이

눈 아래의

소용돌이치는 군중 속에서 따로 떨어져

몸부림치며 뒹구는 하얀 애벌레를 내려다보며

소리 없는 비웃음을 퍼부어대고 있다.

'이시바시 신총재5) 탄생' 전광판 뉴스의 깜박거림.

---

4) 일본의 조미료 회사 이름.「아지노모토味の素」는 이 회사가 제조 판
   매하는 L-글루타민산 나트륨을 주성분으로 하는 조미료의 등록상표이
   름이기도 하다.
5) 이시바시 탄산石橋湛山은 제 55대 내각총리대신으로 임명되어 수상으
   로 취임했지만 곧 병으로 2개월 만에 기시 노부스케岸信介에게 총재직
   을 물려주고 퇴진함. 이 내각의 기간은 1956년 12월23일부터 1957년
   2월25일까지였다.

후지산 정상

양정웅

구름은 아득히 시선 아래에 무리지어
산과 산 사이를 누비고 있다.
야마나카호수山中湖 쪽에서는
안개 내음이 떠돌고 있다.
평야와 바다는 시계를 넘어
공간으로 사라졌다.
어디서 불어오는지
열풍은 끊임없이 나를 엄습한다.
'우주를 움직이는 것의 영광' 가운데
암석의 단편은 가만히 웅크리고
움직이지 않았다.
삼림 한계.
이 불모의 땅에 무엇이 있다는 말인가.
한 방울의 물도 없는 마른 곳에
하나하나의 돌에
어떤 생명이 싹이 돋아나고 있는가?
자연이여 여기에 작은 잡초가 있다.
불현 듯 나타나서
불안하게 매달려 있는
빛바랜 불행한 생명이.

여름태양에 몸을 드러내놓고
고개를 떨구고 있는 약한 존재가.
이 연약한 잡초가 자라가는
방향은 어디인가?

-방향은 미래를 향하고 있다.
미래로의 선택은 자유다-
구름은 쉴 새도 없이 몸을 뒤집고
찢어졌다가는 동쪽으로 흐르고 북쪽으로 흘렀다.
그러자 그 뒤에서
새 구름이 어디랄 것도 없이
나타나서 무리 지었다.
그것은 조용하고 가벼운 리듬을 타고
그러나 격한 변화로 계속 되었다.

끝없는 정적…….

아무것도 없는 듯한 한폭의 그림이
바다와 하늘 사이
회색의 저편으로 가라앉아 가는 것이 보였다.

겨울의 교향시

양정웅

올 가을은 비만 내렸다.
에텔의 저편에 피어 있던
늦여름의 저녁햇살은
다시 바랄 수가 없었다.
그것은 나의 기억 속에 잠들어버렸다.
예쁜 작은 꽃도
대기의 중압에 견디지 못하고
시들어 가고 있었다.
나 자신이 이 추악함에
숨 막힘을 느꼈다.

이따금씩 서녘하늘에서
철지난 천둥소리가
한밤중의 꿈을 박살내며 울려 퍼졌다.
가을은 발광의 전주곡을 연주하기 시작했다.
겨울은 땅바닥에서 왔다.
얼어붙은 모근은
이미 땅을 파내려갈 수 없고
땅위의 녹색이란 녹색도
찬바람에 죽어버렸다.

나는 주머니에 손을 찔러 넣은 채
창밖의 광경을 바라보았다.
이 추위는 무엇인가?
이 전율은 무엇인가?
격한 혐오가
밖과 안을 향해 폭발하는 것을 느꼈다.

겨울의 하룻밤은 밝았다.
오늘 아침도 사람들 대부분이
큰 길을 가로질러 흘러갔다.
몸도 마음도 가능성의 절망에
맡기면서 짙은 안개 속을 걸어갔다.
한사람의 노파 하나가 내게 말을 걸어와서
나는 한동안 멈춰 섰다.
"당신은 이 안개가 언제
걷힐지 까지 알고 계십니까? 확실히 16년
전에도 이처럼 엄청난 안개였습니다.
그때 나의 자식이
사고로 죽었습니다.
어젯밤도 나는 잠을 못 들었습니다.
끔찍한 꿈만 꾸었죠.
나는 정말로, 이젠 자고 싶어.
하지만 어떻게 잘 수가 있겠어요"

[증인]
—영화에 의한 영화적 살인—

정인

얼마나 기묘한 긴장인가.
원한이나
증오라는 따위도 아니고
살의殺意 따위도 아니다.

죽음은 툭 하는
소리도 내지 않고
인간이
마구잡이로 뒹굴었다.
살인행위가 완료되자
그는 환자가 되어
꽃도 없는
하얀 벽 속에서 당황한다.

목격하고 있는 것은 나이고
그러한 나는
변두리 영화관에
눌러 붙어 있다.
조용한 빈자리의

맞은편은 뉴욕.
마천루가
밤을 범하고 있다.
무수한 작은 별도 꾹 참고

혼잡한 로터리에서는
한남자의 전력 따위는 불필요하지만.
나는 음울한 미행자이다.
헤드라이트를 가로 질러
죽음의 방향으로 차도를 건넌다. 그.
화약 냄새가 나자,
기도하듯
푹하고 무릎을 꿇는다.
시멘트를 깨문다. 손톱도 서지 않는다.
아연중독의 통증은 내가 있는 곳까지 확대되어 온 것이다.
한순간 날카롭게 응시하는 그의 시선. 마천루.
그 맞은편에
피로 물든 어두운 바다의 펼쳐짐.

일요일 다방 따위에서
나의 그녀가
살인자의 이야기에 열중하고 있는 경우가 있다.

「춘향전」번역 잡기

허남기

약간 오래전에 들은 이야기에 속하지만 재작년 여름에 이 것도 약 1년 걸려『조선 시집朝鮮詩集』이라는 번역 시집을 한 권 아오키青木 서점에서 출판해 주었다. 그다지 잘 된 번역이라고는 생각하지 않지만 그러나 내 생각으로는 지금까지 해온 번역을 일단 정리해볼 요량으로 있는 힘을 다 쏟아 부었다.

그런데 이 책이 나오고 약 반년 정도 지나 이와나미岩波 서점의『문학文學』이라는 잡지 글에서 김소운金素雲으로부터 대단히 신랄하게 비판을 받는 사태가 되고 말았다.

김소운이 조선 민요의 소개자로서 또한 번역자로서 뛰어난 사람이라는 것은 새삼 언급할 필요도 없을 것이다. 그리고 또한 그의 저서 속에『조선 시집』이란 번역시집이 있는 것을 아는 사람도 틀림없이 적지 않을 것이다. 나와 그와의 관계는『조선 시집』구판인 바이후칸본培風舘本의 상권인「권두언」에도 번역되어 있는 대로 그의 번역의 도우미라는 형태였다. 그러므로 그러한 의미에서도 그가 나의 번역집에 한마디 거든다는 것은 이해할 수 없는 일도 아니고 또한 보통이라면 그것이 가령 납득이 가지 않는 욕설이라 해도 참을 생각이었다.

그러나 그가 이『문학』잡지에서 시도한 비평은 비평이라기보다는 일종의 모략이라고 밖에는 생각되지 않는 성격의 매우 공을 들인, 언뜻 아무렇지 않은 듯 흐르고 있으나 실

은 가장 심한 혹평보다도 훨씬 깎아내리는 것이어서 입안의
감칠맛은 좋았지만 뒤끝이 끔찍한 일종의 싼 술과 같은 성
질의 효과를 갖는 것이었다.

여기서 그의 글을 일일이 열거하는 것조차 불가능하므로
그 요점만을 옮기면 그는 나의 번역시집 속에서 그 시집 속
에 들어 있는 오상순吳相淳이라는 시인의 「아시아 마지막 밤
의 풍경ァジァの最終夜の風景」이라는 시의 제1연만을 인용하여
이 시는 원시가 거의 일본어라도 그대로 사용되고 있는 한
자어의 숙어만으로 되어 있으므로 조사인 "て, に, を, は"
만을 일본어로 고치면 되는 시라고 말해놓고 자신의 시는
그것을 그대로 충실하게 했는데도 허남기는 그것조차 충실하
지 못한데다가 설상가상으로 "산파"를 "조산원산파"라고
잘못된 번역어로 대치하는 꼴이다. 평이한 시마저 이런 꼴이
니 다른 것은 논할 가치마저 없을 것이라는 말투였다.

이것은 원시를 읽을 수 없는 사람에 대해서는 매우 약발
이 듣는 중상모략의 방법이다. 왜냐하면 번역자로서는 누가
뭐래도 아직 그분이 분에 넘치게 신뢰받고 있으며 분에 넘
치게 신뢰받고 있는 그 분이 이렇게 말하는 데에는 허남기
가 하는 번역 따위는 위험해서 읽을 수 없는 것인지도 모
른다는 기분이 얼마 되지 않는 조선의 시를 읽으려는 일본
의 독자 사이에 일어날 법한 일은 불 보듯 뻔한 일이기 때
문이다.

참으로 어려운 것은 번역뿐만 아니라 그러한 정성을 쏟
는 모략을 해야만 하는 사람의 마음을 헤아리는 일일지도
모른다.

나는 그 이후로 세상이 너무 냉혹하다는 느낌이 들어 견
딜 수가 없다.

『춘향전』을 일본어로 옮기려 한 것은 이 번역시집을 계획한 것 보다 훨씬 전의 일이었다. 『춘향전』을 몇 번인가 반복해서 읽어가는 사이에 이 44조의 운문조를 일본어로 옮겨보고 싶은 욕망에 사로잡히고 말았다. 그만큼 이 『춘향전』의 원문은 아름다운 것이었다. 그것은 적당한 해학성과 적당한 에로티시즘과 그리고 적당한 풍자를, 적당한 서정과 혼합시킨, 그렇게 짧지도 않은 조선 고전 소설 모든 역사의 아름다움을, 한 권으로 집대성 시킨 작품이라 해도 좋을 듯한 세련된 아름다움은, 쓸데없이 고상한 척을 하는 것도 아니고 또한 야비하게 저질도 아니고 서민의 뛰어난 지혜라고 해도 좋을, 그런 광채로 넘치고 있었다.

나는 그런 아름다움에 포로가 되어버려 이 아름다움을 칭송한 『춘향전』의 44조라는 운문조가 일본어에서는 어떤 식으로 표현되지 않으면 안 되는가를 깊이 생각하지 않고 이야기를 이와나미岩波 서점에 제기한 것이다. 해나가는 사이에는 뭔가 해결이 될 것이라고 생각되어 착수한 것이다.

그러나 막상 이야기가 마무리되어 일에 착수하고 보니 문제는 결코 간단한 것이 아니었다. 우선 첫째로 이 운문조를 일본어로 어떻게 옮길 것인가 하는 문제가 당시 유행하던 문체론과 뒤얽혀서 좀처럼 해결을 볼 수가 없었다.

하긴 쉬운 국어로 쉽게 표현하는 것은 번역 일에만 국한되지 않고 적어도 문필에 종사하는 사람이라면 누구든지 고민하지 않으면 안 될 일이고 또한 특히 우리들의 경우는 자신의 신조로서 많은 사람들이 이해할 수 있는 평이한 말로 쓰기로 하고 있으므로 더욱 구어를 구사하고 싶었지만 그러나 구어로는 『춘향전』이 갖고 있는 아름다움을 반도 나타낼 수 있을 것 같지 않았다.

　그렇다고 해서 완전한 문어체로 해버리자 이번에는『춘향전』이 갖고 있는 서민적인 해학미가 나오지 않았다.『춘향전』을 읽으신 분은 누구나가 알고 있을 터이지만 이 소설에서는 때로는 사대부가 미치지 못하는 격조 높은 대목과 인정의 세태를 남김없이 표현한 스스럼없는 대목이 매우 정교하게 나타나 있어서 조금도 모순을 느끼게 하지 않지만 이러한 글은 완전한 문어체만으로는 나타낼 수 없는 것이다.

　나는 이것을 결정하기 위해서 반년이상을 허비했다. 여러 형태로 시험 번역을 해보고 그것을 비교해보기도 하였다. 그리하여 겨우 지금의 고단쵸講談調6)와 문어조를 뒤범벅한 문체로 정착된 것이다. 여기에는 여러 가지 이론이 있는 사람도 있을 터이지만 나는 지금 그렇게 되길 잘 했다고 생각한다.

　어느 것을 오리지널로 할 것인가 하는 것도 얼마간 문제는 있었다.『춘향전』은 아시는 바와 같이 20여 종류나 되는 이본을 갖고 있다. 그 가운데에서도 비교적 시기가 오래된 것을 고른다 해도 4,5종류는 족히 된다. 이 가운데서 어느 것을 대본으로 해서 번역을 진행시킬 것인가 하는 것이다. 그러나 그것은 많은 시간이 걸리지 않고 결말이 났다. 전주사판이 가장 신뢰할 수 있는 원본이라는 것에 조선 문학사가의 견해는 거의 일치했기 때문이다.

　단지 이 가운데 김태준金台俊본(학예사본)도 국립출판사본도 을유문화본도 의식적으로 삭제된 부분이 있다. 나의 번역으

---

6) 작은 책상에 앉아 부채로 책상을 치고 장단을 맞춰 가면서 정치 재판, 무용담, 주군의 원수 갚기 등의 협객전, 남녀 연애담 등을 해학적으로 들려주는 이야기 예능.

로 말할 것 같으면 다음과 같은 장이다.

춘향과 도련님이 단둘이 한방에서 마주보고 앉아 있었으니 어찌 아무 일도 없었겠습니까? 삼각산 제1봉에 학이 날아내려 앉은 듯 양손을 크게 올려 춘향의 옥구슬 같은 손을 덥석 잡아 옷을 정교하게 벗기는데 두 손을 살짝 끌어 춘향의 갸름한 허리를 껴안고서는 〈치마를 벗게〉운운.

나는 이런 부분을 어떻게 할 것인가 고뇌했다. 이 부분이 없어도 『춘향전』은 멋지게 통한다. 그러나 나는 이 책이 일본에서 출판된다는 사실, 또한 이와나미 문고라는 동서고금의 서적을 수록한 문고의 한 권으로 수록된다는 사실과 고전을 존중하는 입장에서 감히 일언반구도 역자의 사견으로 삭제하지 않고 완전한 번역으로 하기로 결정했다. 이것에 대해서도 여러 가지 이견이 있는 듯 하지만 나는 이렇게 하길 잘 했다고 생각하고 있다. 이러한 에로틱한 장면을 그대로 번역함으로써 『춘향전』의 전체의 품격이 떨어진다는 사람도 있지만 혹시 그렇다면 그것은 애시 당초 천박한 소설밖에 안되므로 내가 듣기로는 일본의 독자로 그것을 읽고 에로틱한 소설이라고 말해 준 사람은 지금까지 한사람도 없다.

그리고 나서 그 소설의 번역을 완료하는데 만 2년이 걸렸다. 400자 원고지로 150매 남짓의 원고이기에 하기에 따라서는 1개월 정도의 일이긴 하지만 나의 힘으로는 한 달에 20매 정도가 한계였다. 인세를 염두에 둔 일로서는 전혀 채산이 맞지 않았다.

나는 이 일 도중에도 서두에서 밝혔듯 번역시집 1건과 같은 중상모략을 직접 출판사 쪽에 제시한 사건과(이하 30페이지 · 23페이지에서) 3번이나 우연히 만나고 있다. 그것이

같은 조선임은 두말할 나위도 없다. 내가 150매 남짓의 일에
2년이나 걸려서 겨우 완수할 수가 있었던 것은 이런 친구를
위해서라고 말할 수 있을 것이다. 그렇다고 해도 우리들 조
선인 사이에는 정말로 허접한 일로 고생하고 있는 것이다.

　정초부터 이런 이야기로 죄송하지만 뭔가 조금은 대륙적
이 될 수 없는 걸까? 오오 춥다.

시가 되지 않는 이야기

김화봉

매일 시간에 쪼들리면서 악착같이 일하여 그믐날밤에 쥐 꼬리만한 돈을 쥐자 빚 따위는 까맣게 잊고서 갖고 있는 것만큼 몽땅 마셔버린다.

숙취로 멍한 머리를 아침의 찬 공기에 쐬자 눈앞의 자전거의 짐 싣는 안장에 방목 산양이 한 마리 새장에 실려 있었다. 막 떨어진 똥에서 희미하게 올라오는 이상한 냄새가- 풀빛과 맛을 품은 냄새가 코끝을 간질이고 애교 넘치는 수염을 기른 둥근 눈동자가 나에게 필사적으로 애원하고 있었다. 손을 산양의 배에 대자 온기가 손끝을 타고-. 이 떨림은 추위 때문만이 아니라고 생각한다. 산양은 예리한 동물적 본능으로 자기의 운명을 감지하고 있는 듯 했다. 순간 나의 뇌리에서 기억의 페이지가 넘겨졌다.

어렸을 적, 혼자서 산으로 밤을 주우러 가서 어디를 어떻게 잘못 들어섰는지 길을 헤매다 전혀 엉뚱한 방향의 산기슭 도살장으로 잘 못 들어, 판자뿐인 썰렁한 건물은 내려쏟아지는 강바람이 그대로 통과하며 정수리에서 분수처럼 솟은 피를 수차례나 씻기 위함일까, 콘크리트는 물에 흠뻑 젖어있었고 기둥에 걸려 있는 장작더미 같은 물건이나 차갑게 잠긴 큰 고기 베는 식칼 등-.

거친 남자의 다부진 팔에 코뚜레를 당겨져 질질 끌려온 소의 공포에 찬 눈, 쏟아지는 똥.

"당장 처리하자, 나중에 오는 것은 귀찮으니까…… 이런

거, 식은 죽 먹기야 한방 먹이면 가버리니까"

집에서 나온 두 사람의 아저씨의 대화에 번개처럼 달리던 기억의 페이지는 중단되었다. 난폭하게-필요 없는 짐이라도 내려놓듯이 완전히 난폭하게 끌어내렸기 때문에 산양은 굴러온 김칫돌에 강하게 머리를 부딪쳤다.

메에에

옛날 런치블루를 단번에 삼켜버린 대홍수처럼 지금 내가 서있는 곳에서 보이는 한 모든 사물을 슬픔으로 바꾸는 내장 깊이 저미는 참으로 슬픈 일갈.

"이건 시가 된다"고 생각했다.

아침 밥상을 비스듬히 노려보며 원고용지의 칸에 산양의 머리를 뽑거나 귀를 찢거나 꼬리를 자르거나 가로에서 세로에서 산양의 폐까지 잘게 썰어 보았지만 결국 시는 되지 않았다.

왜?

썩은 양파, 된장을 홀짝 거리면서 깊이 생각에 잠기자 쓸 수 없는 이유를 알 수가 있었다. 그것은 완전히 피기 전에 시들어버린 나팔꽃처럼 미숙한 습관에 일방적으로 얼어붙은 나의 시적 관점의 탓이었다.

회상

양정웅

"야, 이 시 좀 읽어봐."

나는 한권의 두꺼운 노트를 친구인 N에게 내밀었다. N은 귀찮은 듯이 노트를 받아들어 읽기 시작하다가 결국은 내던 져 버렸다.

"왜?"

라고 묻자 읽기 힘들고 어려워서 어쩔 수 없다고 한다. 왜 읽기 어려운가를 묻자 어려운 숙어가 많아서 모르겠다고 한 다. 나는 그곳에 시다운 시의 존재이유가 있다고 주장했다. 그 이후로도 나의 시에 대한 태도는 조금도 변하지 않았다. 이 세상에도 드문 난해하기 짝이 없는 어구를 제멋대로 남 용하며 시작詩作을 계속했다.

아무도 이해하는 사람이 없었으므로 그것을 또한 일반 독 자가 천박한 탓이라고 생각했다. 동시에 스스로의 우월감을 은근히 만족하고 천애의 고독자, 독립보행을 점점 더 심화 시켜갔다.

당시의 시를 현재 다시 읽어 보면 무슨 말인지 분명하지 않다. 말장난에 불과하다. 자기만족의 과잉이다. 그렇다면 현재는 어떨까하고 질문을 받는다면 역시 당시의 심정에서 완전히 탈피했다고 단언할 수 없다. 현재도 당시의 여운은 많이 남아 있다.

내가 『진달래』라는 존재를 알게 된 것은 작년 5월 무렵 의 일이다. 처음에는 아무렇지 않게 들어갔지만 들어가서

놀랐다. 자신이 우물 안의 개구리였다는 사실을 깨달았기 때문이다. 내가 본격적으로 진지하게 시를 연구하기 시작한 것은 그 뒤의 일이다. 좌우지간 주목할 만한 시, 시론을 닥치는 대로 독파해갔다. 그렇다고는 해도 시의 이해 정도가 비약적으로 깊어진 것은 아니다. 뭐니 뭐니 해도 풍요로운 경험이 실질이 되고 생명력이 되고 그리고 나서 뛰어난 시가 생겨나는 것이라고 생각한다. 그러나 '생명의 자기인식'이 경험의 규범을 초월한 보다 핵심적인 것이라고 한다면 시를 경험에만 맡기지 말고 논리의 과정에서 파악해야 한다. 시는 비논리적임과 동시에 논리적이기도 하다고 생각한다.

교류

『진달래』 증정 감사드립니다. 선배 여러분의 치열한 시작 태도에 경의를 표합니다. 특히 나처럼 자본주의의 중압에 허덕이며 여전히 살기위해서, 먹기 위해서 그들에 대한 저항과 순응이라는 양면을 상존시키며 스스로의 마음에서 용솟음치는 시를 쓰고 싶은 사람에게는 귀 잡지의 지면위에서 잉크에서 활자로 솟구치는 피의 색깔은 나의 심장과 같은 컬러입니다.

또한 정말로 외람됩니다만 귀지의 9월호의 작품에서 기억에 남는 것 중 2~3개의 감상을 써보고 싶습니다.

△비둘기와 공석·홍윤표 비둘기와 공석의 특이한 상황(오자인 듯)에는 마음이 끌리지만 빈 의자라는 관념의 소화가 충분하지 않은 것이 마음에 걸린다.

△소년·정인 발상의 서정성이 아름답게 묘사되어 있는(소년) 처리방식에 대한 기술적인 능숙함과 세심함에 마음이

끌렸다.

△파리 · 정인 소화가 충분하지 않다. 독자를 흡인하는 것이 약하다. 파리의 구상성이······

파리 그 자체로서 작품 속에 나오는 편이 재미있을 것으로 생각된다.

△ 매미의 노래 · 권동택 말의 테크닉에 빠져 주제를 허망한 것으로 만들고 있다.

△흰 손 · 김시종 깊이를 갖고 있는 작품이다. 그러나 이 깊이는 그곳에 안주하게 하는 위험성을 가지고 있는 것은 아닐까? 또한 시의 발상으로서는 오르골에 뻗는 흰 손에서 출발하여 오르골에서 끝나는 것이 바람직하다는 것은 우견일까?

△야학생 · 강춘자 내게 경험이 있어 흥미를 가졌지만 작중의 그녀를 적확하게 자신의 것으로 완전히 소화시킬 수 없었던 흠이 있다. 독자의 가슴에 예리하게 공명시킬 수 있는 테마가 아닐까?

△민화 사랑 · 산 철부암 · 강상우 일본에서도 공통점을 말할 수 있다. 인간적인 격차에 대한 분노, 인간악에 대한 반항 나아가서는 왜곡된 주종관계 자본적인 것에 대한 저항과 애정에는 감동을 주는 점이 있다. 이상 제멋대로 지껄인 점 용서바람.

△ 귀지의 지향하는 방향으로 민족적인 차이에 따른 특수성에 의지하여 바람직하지 않지만 그것을 기반으로 독창적인 시풍을 만들어내려는 일에 기대를 거는 것은 비단 나 한사람은 아니겠지요? 사이좋게 해나갑시다. 귀 잡지의 발전을 기원하며.

히메지시姫路市 죠오카 마치城下町 니시 나테쓰志奈徹

　요전에 『진달래』를 받고 나서 답장도 못해 죄송하게 생각합니다. 「시와 시인詩と詩人」이 완성되는 대로 상세하게 소식을 전할 생각이었습니다만 주간인 아사이 토자부로浅井十三郎가 과로로 인해 오랫동안 누워 있다가 24일 고혈압으로 영면했기 때문에 잡지의 발행이 재차, 재차 늦어져 그와 같은 이유로 소식이 늦어지게 되었습니다. 용서바랍니다. 『진달래』를 읽고 내용이 다채로움에 깜짝 놀랐습니다. 그 가운데에서도 김시종씨의 「인디언 사냥インディアン狩り」의 유동감이 넘치는 작품에 공명하는 바가 있었습니다. 「흰 손白い手」에 대해서는 그 작품의 정교함 탓에 눈에 띄게 생생한 감동은 솟아오르지 않았습니다. 저의 시적 경험이 적은 탓일까요! 시작품의 우열을 운운하는 것이 아니고 다만 저의 독후감을 말하는 것뿐입니다. 정인씨의 「소년少年」은 훌륭하다고 느꼈는데도 불구하고 "붉은 꽃이-얌전하게 피어 있다"라는 곳이 다음 줄 "저버린 마음을 안고-"라는 이미지의 결합에 도식적인 느낌이 들어 거부감이 있었습니다. 제 솔직한 느낌이 이 두 연의 유대감이 없는 것은 아니지만 하는 느낌이 들었습니다. 홍윤표씨의 「비둘기와 공석鳩と空席」도 힘이 넘치는 작품이라는 것을 느꼈습니다. 그 외 「야학생夜学生」 「오키나와沖縄」 「거리의 한쪽 켠에서街の片隅で」 「매미의 노래蝉の歌」 등의 작품을 흥미진진하게 보았습니다. 시단적인 기술은 뛰어나지만 감동이 없는 작품보다 『진달래』의 젊고 생생한 감동을 불러일으키는 작품을 접하고 정말로 기쁘게 생각합니다. 나도 여러분에게 뒤지지 않을 훌륭한 작품을 만들 수 있도록 노력할 것을 새삼 느끼지 않을 수 없었습니다. 저의 작품 한편을 동봉하겠사오니 비평을 부탁드립니다. 전진으로의 지침이 된다면 행복할 것입니다.

여러분의 건투를 기원합니다. 제멋대로 지껄인 점 용서해
주시길.

남상구

로봇의 수기

김시종

나는 시간을 식되로 잰다.
커다란 부대와 같은 동체에서
어제와 오늘의
잊어버린 나날을 하나하나 불러서는 견딜 수 없다.
여자만이라도 한 다발은 있었다.
이것도 눈금 안에서라면
방출된 정액은 몇 식되 몇 홉이 될 것이다.
정확히 말해서
나의 과거는 몇 말에 해당할까?
퍼 올리지 않은 채 방치된
공동변소처럼
각종 잡다한 기억이
이 좁은 두개골 속에서 군웅할거하고 있다.
한 지방 한 성의 주인들뿐인 가운데에서
나의 중심이 능숙하게 한 가운데를 통과할 리가 없다.
내가 고집스럽게까지
어떤 자존심 하나에 집착하는 것은
나의 뇌수가 이렇기 때문이다.
혹시 이것을 저울로 잰다면
이 작은 두부의 두부덩어리는

원자핵의 그것처럼 무거울 것이다.

융통성은 눈을 씻고 찾아봐도 없다.

하지만, 나는 그럼으로써 이 길의 천재도 된 것이다.

아무런 모순을 느끼지 않을 뿐만 아니라

추호의 고통도 없이

완전히 다른 곡예를 동시에 거뜬히 해내고 있다.

나는 청교도이고

참을 수 없는 성욕주의자이다.

페아뜨리체의 사랑을 하는 한편

스트립쇼의 배꼽의 춤에 또 다른 사랑이 탄생한다.

나는 공산주의자이고

자본주의자이다.

억지로 자본론 따위가 장식되어 있기는 하지만

아직 돈벌이 방법을 차분히 음미한 적은 없다.

적어도 붉은 깃발을 흔드는 역할로

백주대낮에 당당히 2자루의 권총을 허리에 차고

주점에서 죽치면서

은막을 트고는 마음이 후련하다.

게다가 나의 취미의 범위는 넓다.

어지러운 노동의 소음을 즐기는 동시에

나는 정숙하고 품위 있는 한적함을 필요로 한다.

그러기 위해서는 없는 돈을 털어서라도

어엿한 문화인이 되어야 한다.
기름기 없는 밥통주머니이지만
커피는 블랙으로 마시지 않으면 안 된다.
그리고 서서히
서두의 몇 구절만으로 만족할 만한
장시간 음반을 소망한다.
가늘게 뜬 눈으로
태평한 동포의 모습이 비치면
순간적으로 무례한 조선인이 싫어진다.
나는 달리기 시작한다.
물건을 사는 할머니를 만난다.
나는 부아가 치민다.
쓰레기 줍는 할아버지와 스쳐지나간다.
나는 의분을 느낀다.
나의 발걸음은 빨라지고
옷의 색이 칼라 근처에서부터 빨갛게 물든다.
그리고 나는 인민 공화국 공민으로서 어깨를 편다.
미국을 혐오하고
한국을 혐오하고
이승만을 혐오하는
민단을 싫어하고
일본을 싫어하는

이것으로 겨우 어엿한 민족주의자가 될 수 있었던 셈이다.

      ○

이와 같은 나에게

회의 통지서가 날아들어 왔다.

"나는 로봇일족을 대표하는

총련의 집행위원이기도 하다"

집사람에게 시간을 캐묻자

오전이라고도 하고 오후라고도 한다.

나는 귀찮아서

여느 때의 습관으로 오로지 밥통주머니를 의지하여 외출했다.

회의장에서는 상임위원의 약력들이

슬로건을 내걸기에 여념이 없었는데

"아마 오후 2시가 되겠지요"

라는 이야기.

"몇 시부터의 회의가 말입니까?"

"알려드린 바와 같이 오전 10시부터입니다. 하긴 이 시계
는 멈춰 있지만 말입니다."

      ○

조총련의 시계는

9시부터였다.

멈춘 시계 아래서

나는 생각했다.

오후 2시가 되면
배는 무척 고프다.
우선 이 탐욕적인 밥통주머니가 가만히 있지 않을 거다.
나는 배를 어루만지고, 쓰다듬는다.
일어섰다.
움직이지 않는 시계 밑에서
오후 2시를 기다리기 위해.

나체상

조삼룡

닥치는 대로의 교미.
애정 따위 생각할 겨를도 없고
상대방의 얼굴조차 보지 않는다.
무한의 어둠속에서
국부의 감각만이 의식한다.

잉태, 분만

몰래 혼자서 처분한다.
첫째, 무골, 껍질이 연한 달걀 등
나의 내부를 통과하여 조형된 물체.

그들이
주변에서 미쳐 날뛰며
변형되어 간다.

그곳에서 빠져 나오려고 몸부림치면서
나는, 아직

이상한 긴장으로 떨고 있다.

가끔 거꾸로 서서
머리로 걷는다.

그래서 촉각은 이상발달하며
명제대로 발효작용이 시작된다.

걷는 것을 박탈당한
다리는 흉측 하게 공중에 뜨고
걷는 것만을 강요한 나는
의연하게

닥치는 대로.
애정 따위는 생각지도 않고
상대의 얼굴조차 보지 않고
투명한 시간 속에서
그저, 습관을 반복한다.

화성

남상구

땅바닥에 서식하는 군중은
이 세상에서
동경마저 구하기 쉽지 않았다고 한다.
그래서 그들에게서,
태양이 사라졌던
완전히 뒷 하늘에
한층 예리하게,
속삭이듯 붉은 빛으로 불타
친절한 듯 다가오는 저
텔레비전에 비쳐진 별이,
꿈덩어리처럼 생각되겠지.

갈색의 땅바닥에서
싸락눈도 내리지 않는 우주에, 시선을
멀리 던져 갔다.
그런 군중에게서
의외의 낌새까지가 모두 사라져버린다.
다가온 화성에
편승하려고 북적거렸다.
순간 면綿을 밟았는지

두둥실
앗 하고 비명을 지를 겨를도 없이 발이 미끄러져
끝 모를 어둠으로
추락해 가는 것이다.

해양 가득히
말려 올라가는 황진
수수께끼를 호흡하는 검은 운하.
우아한 극관極冠
등등을 두른 별똥별은
궤도가 없는 밤 이슥하게
움찔움찔
떨어지는 그들의
저린 심상 위를 지금 조용히 밀통하고 있다.

우리 집

강청자

좋아하는 그 사람과
나는
우리 집을 만들었습니다.

너무나도
큰 부엌의 아궁이는
생활에 어울리는
크기로 줄여서 만들었습니다.

저 맑은 코발트빛 하늘은
그 사람의 마음입니다.

그 넓디넓은 하늘에
뛰며 춤추는 작은 섬은
나입니다.

좋아하는 그 사람과
나는
자연그대로의 한적함으로
서로 맺어져 있는 것입니다.

돌 위에서

성자경

돌 위에 앉아
양손으로 사과를 먹고 있었다.

등에인가 하고 황급히 감추자
맛있는가하고 묻는다.
맛있다고 대답하자
"그건 엄마의 엄지손가락이야"
라고 한다.

씨앗까지 빨며
생각을 고쳐가며 뱃속을 음미해보자
역시 틀림없이 사과다.
틀림없어 틀림없어 틀림없어
잇달아 연속해서 중얼거리다가
그 다음 말이 어떤 것이었는지 잊어 버렸다

섣달의 초상

성자경

······지방도 바닥난 것 같다
손등을 서로 비비자
이상한 소리가 난다.

앉아 있는 것보다
자는 편이 편하다.

벽에는
새 오버코트가 걸려있다.

악당

김탁촌

(그 하나)
단 한 번도 움직이지 않고서는 안 되는 눈동자
언제나 응달의 생활
정말로 한동안의 사이라도
굳어져서는 안 되는 쥐처럼,
몸의 움직임만은 민첩하다

(그 둘)
그놈부터 딱 한 개만
교활함만을 제거했는데도
여우나 늑대의
새로운 이야기가 만들어졌다

(그 셋)
특제 양과자는 언제나 아름답다,
그것을 입속에 집어넣고
'맛있겠다'라고 들여다본다.
그 목소리는 껴안아 주고 싶을 정도로 상냥하지만
그 눈은 틀림없이 생명의 대가를 구하고 있다.

참다랑어의 비탄

김지봉

발자국 하나 없는 모래 해변
다만 뼛조각만이 작열하는 햇살을 받아
하얗게 솟아 있다.
바닷가는 옛날 그대로
어제도
오늘도 아침부터 흰 파도가 치고 있다.

끝까지 유구한 만큼 철저하게 느긋한 만큼
들릴법한
야자 잎의 수런거림도
작은 새의 지저귐도 들리지 않는다.
초 사이를 정확하게 가르는 소리가 기억을 더듬어 간다.

때때로 생각난 듯
멀리서 바다가 포효할 뿐.

적도 가까이
강렬한 태양광선은
산산조각으로 해면에서 부서지고
둔중한 비명을 올리며

바다 속 깊숙이
우르르 쓰러져 있다
산호초의 차가운 그림자가 흔들리고 있다.

술래잡기
아베크 일족도
뭐든지
적막이 잠자코 찌그러지고 있다.

그곳에서
작은 참다랑어가
하얀 배를 드러내놓고
해조에 휩쓸려 장난치고 있다
그 구석에서
케로이드가
머리를 모아
약간
무엇인가를 중얼거리고 있다.

재회

고영생

심야의 달빛에 젖어
옛 친구와의 재회
"야 오랜만이야……"
정겹고 씩씩한 목소리
"……야 잘 지내냐"
젊었을 적 그 무렵
즐거웠던 그 무렵
지나간 추억을 이야기하고
　내일의 행복을 말하고
언제까지나

신입회원 강철수 고영생 김원서 배영자

민화

눈썹의 숫자
―강감찬姜邯贊의 일화―

강상우

조선에 잘 못 태어난 두 사람이 있다. 한 사람은 바보 온달, 또 한사람은 강감찬.

강감찬은 고려조의 사람으로 국가의 기둥으로 구가되고 그 시대의 팔도 평온은 모두 그의 공이라고 칭송된 영웅이지만 추남으로도 대표적이어서 "감찬은 그의 아버지 강궁진이 충청도 지방여행 중 산중에서 잘 곳을 찾았다가 그곳에 사는 아리따운 아가씨로 변한 구미호와 정을 통하여 나은 자식이라"고 전해질 정도였다.

너무나도 못생겨서 어떤 때 친구가

"자네는 어째서 그렇게 추남인가"

라고 놀릴 겸해서 물었던 적이 있다. 그러자 그는 아무렇게나 대답했다고 한다.

"나는 어렸을 적에 3번이나 천연두에 걸렸다. 너무나도 부아가 나서 3번째에 마마의 여신을 불러 냅다 한마디 해줬지." "나에게 병을 가져오는 것은 이번으로 끝내주게. 그 대신 오늘은 내 얼굴을 마음껏 짓이기고 가게." 라고 말야.

"그래서 마마는 어떻게 했어?"

"처음에는 내 얼굴을 측은하게 바라보다가는 약간 주무르더라고. 그래서 "이제 후련해졌나? 더, 더욱더 사정없이 짓이기게"라고 말하자, 눈을 감고 엉망진창으로 주무르고 가

버렸어."

　이처럼 추한 모습의 그는 그 아버지로부터 재수 없게 여겨진 나머지 사랑을 받지 못했다. 그 반발도 있어서인지 그는 어렸을 적부터 배우는 것을 매우 즐기고 특유의 기질로 사람들을 자주 놀래게 했다고 한다. 13세에 과거 시험을 보고, 문과에 급제했다 하니 미루어 짐작이 가능하다.

　따라서 민간에 전해지는 그의 일화는 매우 많지만(그 출생에 대해서만 하더라도 필자가 알고 있는 한 4가지나 된다) 이 이야기는 어렸을 적의 이야기이다.

　어느 날 해질녘 관리 한사람이 말을 타고 자기 집을 향해 귀가하던 중에 길가에서 놀고 있는 한 아이와 만났다.

　"얘, 비켜라, 비켜"

　길을 비우게 하려고 외쳤는데 놀기에 정신이 팔렸는지 돌아보지도 않고 열심히 자갈이나 흙을 주어서는 쌓아 올리고 있었다.

　"얘야, 부르는 말이 들리지 않느냐? 얼굴을 들어 나를 보거라."

　이번에는 들렸는지 얼굴을 들어 똑바로 관리의 얼굴을 보았다. 그 얼굴을 얼핏 본 관리는 기겁을 했다. 뭐야 이 쌍판은! 여우와 같은 얼굴 전체의 곰보자국. 게다가 콧물을 손으로 훔친 자국인 듯한 코밑의 가로로 한일자의 검은 선. 하늘에서 가장 추남으로 일컬어지는 북두칠성조차도 이 소년의 얼굴 앞에서는 명함조차 내밀지 못할 것이다. 게다가 조금의 무서워하는 기색도 없이 몸을 엎드린 채로

　"저를 불렀습니까?"

　"그렇다 아까부터 불렀는데도 어째서 곧장 대답하지 않는

것인가?"

"아까부터? 저 말입니까?"

"네 놈 말고 아무도 없지 않은가?"

그러자 그때 비로소 일어났다.

"그렇다면 아까부터 "야, 야"라고 부른 것은 나였습니까?"

"들렸는가? 그대로다"

"그렇다면 당신께 질문이 있소. 당신은 예법이라는 것을 알고 계신가요? 사람을 부르는데 "야, 야"라고 부르는 법은 어디에 있습니까? 서로 신분을 밝히지 않았으므로 이름은 모르더라도 "얘야"라고 부른다면 몰라도 느닷없이 사람을 잡고서 "야"라든가 "비켜"라든가 그런 인사가 어느 세계에 있단 말입니까?"

얼굴이나 꼬락서니보다도 나이에 어울리지 않게 소년의 의외의 공격에 내심 놀란 관리는 그래도

"그렇군. 뭐 그건 그렇다 치고……"

라고 말을 걸자,

"아니 안 됩니다"

단호한 말투로 소년은 말댓구를 했다.

"당신은 내가 어린이라서 인간으로서의 예법을 지키지 않으려 하십니다만 고양이도 어렸을 적부터 쥐를 잡아보여야만 쥐를 잡는 기술을 익히지 않겠습니까?. 그것은 당신도 사람들 위에서 군림하는 관가의 어르신인 것 같습니다만 윗물이 맑아야 아랫물도 맑아지는 법이라는 말도 있습니다. 위에 계신 분이 그런 법에 맞지 않는 행위를 하면 아랫사람들이 어떻게 바른 행위를 할 수 있을 까요?"

"당했어, 막대기로 머리를 한 대 치고 멋지게 당했어"라

고 중얼거리며 어쩔 수 없이

"그건 내가 잘 못했구나. 그런데 지금 네가 그곳에 있으니까 내가 지나갈 수가 없구나. 그러니 그곳에서 물러나주지 않겠나?"

라고 이번에는 약간 태도를 부드럽게 말했다. 그런데 그 소년은 당당하게 그 추한 얼굴을 들어 코밑을 손등으로 훔치면서 대답했다.

"당신은 병법을 아시지요? 우선 자신의 행선지를 잘 살펴보세요. 제 앞에 있는 것은 성입니다. 사람이나 말은 성을 피해서 갈 수는 있어도 성은 사람이나 말이 온다고 그것을 피해서 움직일 수는 없습니다."

"그렇다면 사람과 말은 성을 짓밟고 가는 경우도 있어"

"당신이 이 성을 짓밟고 가신다면 마음 내키는 대로 하십시오. 나는 성과 운명을 함께 할 뿐입니다. 그러나 유혈극을 즐기는 사람은 결코 영웅이라고는 말할 수 없습니다. 피를 보지 않고 적을 항복시키고 적에게 저항하게 하지 않는 덕을 겸비해야 진정한 영웅이라고 할 수 있지요."

관리는 현기증을 느꼈다. 도대체 말로 표현이 안 되는 아이로고. 얼핏 봐서는 5,6세 쯤 되어 보이는 몸집. 설마 10살이 아닐 거라고 생각되어지는 아이의 말. 감동과 함께 부아가 치밀었다. 어른답지 못하지만 한번 찍소리 못하게 해주려고 말에서 내려 아이 앞에 섰다.

"야, 너는 아까부터 예법이라든가 병법이라든가 어려운 이야기를 하는데 그렇다면 천문은 아는가?" 그러자 소년은 히죽 웃고는 다시 한 번 코밑을 손으로 훔치고는 대답했다.

"하늘은 움직이지만 땅은 움직이지 않는다, 인간의 경우도 위쪽의 사내는 움직이지만 밑에 있는 여자는 움직이지 않는다, 헌데 당신은 어째서 자신이 존재하는 지상의 이치를 모르고 천상의 이치를 말하려 하십니까?"

급기야 관리도 화를 내고 말았다.

"말조심 하거라. 내가 어째서 지상의 일을 모른다고 하는 거냐?"

그러나 소년은 조금도 겁먹지 않고

"지상은커녕 바로 눈앞의 일입니다"

"그게 뭐냐!"

"그럼 여쭙겠습니다. 당신은 자신의 눈에 붙어 있는 눈썹이 몇 가닥인지 아신다는 말씀입니까?"

"음……"

말은 없었다. 분노와 억울함에 얼굴이 붉어진 관리는 말에 뛰어오르자 채찍을 갈겨 달려가 버렸다.

가슴속에서 "저놈! 저 꼬마놈!" 몇 번이고 중얼거리며…….

그러나 200여 미터쯤 달리자 그 중얼거림은 "미래가 두려운 놈! 금알에서 나온 놈!"으로 바뀌어 갔다.

이 소년이 바로 1010년(현종 1년) 거란족 40만의 조선침공 때 1만2천의 정예를 거느리고 흥화진을 쳐부수고 상원사 대장군 강민담이 부장수로서 이를 도와 외적을 평정하여, 그 기략과 전공에, 왕이 손수 금꽃 여덟장을 가지고 머리를 장식하게 하고

경술년 오랑캐의 난리가 있어 창과 방패가 한강 변까지 깊이 들어왔다. 만약 강공의 전략을 채용하지 않았다면 온 나라가 모두 좌임7)을 입을 뻔하였다.

7) 좌임은 옷깃을 왼쪽으로 여미는 형태로 죽은 자가 입는 수의를 지칭함.

는 시를 인헌공 강감찬 그 사람에게 올리셨다.

합평노트

『진달래』16호의 합평노트를 쓴다는 것이 나에게 주어진 역할이었다.

받아들이긴 했어도 원고를 마주하고는 순간 당황했다. 당혹했다기보다는 오히려 애를 먹었다고 하는 편이 맞을 것이다. 합평회가 이미 몇 사람만의 소유물이 아니고 그 열정적인 토론은 도저히 소화할 수 있는 체질이 아니다. 그래서 내가 할 수 있는 일이라면 주관적이지 않을 수가 없는 것이다. 물론 사적인 역할로 말해서 총괄하는 일에 충분히 뜻을 살릴 생각이지만 그 점 독자여러분의 관대한 이해를 고대한다.

『진달래』16호는 도처에서 비평을 받았다. 우리들에게 있어 진정으로 귀중한 것이다. 외부의 따스한 비평에 감사의 뜻을 표하면서 나의 메모를 중심으로 16호의 2,3 작품에 대해서 언급해보고 싶다.

16호에서 가장 뜨거웠던 감자는 뭐니 뭐니 해도「비둘기와 공석」이다. 홍윤표는 시의 테마를 초지일관 조선인의 문제로부터 출발한다. 이 일은 충분히 평가하지 않으면 안된다. 김시종도 (나의 작품의 장과「유님의 기억」) 속에서 언급하고 있듯이 세계적 시야로 시를 쓰려고 하는 편이 우리들의 경우 고통이 보다 적은 것은 사실이다.「비둘기와 공석」만 국한해서 볼 경우 작품이 빈틈없이 정리되고 있는 것에는 모두가 동의를 하고 있고 이론이 끼어들 여지가 없지만 무조건 평가할 수는 없다. 해가 질 것 같으면서도 좀처럼 지지 않는 세계로 여행을 떠나는 작자의 감정 과다증

은 아마 검토를 요하는 질적인 것이고 그런 점에서 이 작품
의 중요한 명제일 터인 공석과 비둘기의 도려내어진 눈알과
의 관련성이 소화되지 않은 채 끝나는 것이다. 이 치명적인
결함은 작자가 의식적으로 사용한 것이라 해도 인상적인 수
법에 의한 것이라고 해도 좋을 것이다. 그렇다고 해서 이
작품이 재미없다는 것이 아니고 뛰어난 작품이기에 더구나
작자가 감히 인상적인 수법을 사용하지 않으면 안 되는 내
부 상황이 문제가 되는 것이다.

(소년 · 정인)은 현대시와는 인연이 없는 것이라는 의견도
나왔지만 그렇기는 해도 소박한 감상은 제거할 대상도 아닌
듯하다.

(담천 · 양정웅) 리듬이 진부하고 의성어의 소화에도 주의
가 필요하다.

(인디언 사냥 · 김시종) 우의성이 잘 먹히고 있으며 약동하
는 아름다움이 있다. 여기에는 이미 안정된 역량감이 있다.
「강물」 25호나 그 외에서 김시종의 작품을 거론하는데
「흰손」을 언급하지만 현대시의 효용성을 생각하는 데 있
어서 하나의 시사를 받는다.

(야학생 · 강춘자)15호 작품에 비해 용언에 묵직한 무게감을
갖고 있다. 그럼에도 불구하고 테마가 불명확한 점은 아쉽
다. 더 대담하게 주장해야 할 것이다.

(오키나와 · 권동택) 뭐니 뭐니 해도 구상성이 없는 것이 치
명적이다. 사회적인 테마를 다루면서도 사회적인 효용성에
는 다분히 의문이 생긴다. 권동택의 경우 오히려 「거리의
한켠에서」 쪽에 본연의 모습이 있지만 그렇다 하더라도 「거
리의 한켠에서」에 존재하는 서민성에 대한 경사는 찬동할
수 있는 질이 아니다.

(게의 과백·성자경) 싱그러운 서정을 갖고 있으면서도 작풍에 혼란을 야기시키는 것은 치명적이다. 삶의 표현은 좀 더 생각할 요체(중요성)가 있다.

　　○

　매주 열리는 합평회에 참가하여 항상 생각하지 않을 수 없는 것이 한편의 시작품의 평가는 실로 어렵다는 것이다. 회원의 발언을 듣고 있노라면 시에 대한 미묘한 감성의 차이를 느낀다. 우리들의 문학에 대한 기본적인 입장이 일치하고 있음에도 불구하고 그렇다고 말할 수 있다. 이것은 너무나도 지나치게 당연한 일일 터이지만 그래도 역시 내가 여기서 새삼 감성의 차이 운운하는 것은 현대시의 평가의 문제와 관련지어서 하는 말이다. 실제로 한편의 시를 평가하는 경우 감성의 질서가 중요한 역할을 다하는 것은 사실이라 할지라도 그것만으로는 죽도 밥도 안 된다. 각설하고 진달래도 4년이나 세월이 흘렀으니 문학상의 방법도 자각할 필요성에 절박하게 직면하고 있는 것 같다.　　　(정인)

기증에 깊은 감사

등불 13호	낮과 밤 13호,14호
수목과 과실 9월호	쾅 3호 화산 창간호 2호
숨결 13호 14호	별꽃 3호
강 24호, 25호	성곽도시 6,7,8호
동지18, 19호	램프 3호
시인 우편 16호	철과 모래 17호
단행본 고국사람 김달수	

편집후기

△17호가 햇빛을 보게 되었다. 오랜만에 외출은 뭔가 겸연쩍다. 달력은 새로운 아침을 맞이하는데도 아무런 단장도 할 수 없었던 것은 정말로 한심한 이야기이다. 그렇다고 해서 우리들이 처음부터 무계획적이었던 것은 아니고 홍윤표 작품 특집을 편집할 예정이었으나 내가 홍윤표 소론을 만들지 못하여 이런 결과를 초래하고 말았다. 『진달래』를 읽으시는 여러분에게 거듭 사과말씀 드리는 바이다. 나의 작태도 그렇거니와 연말을 앞두고 우리 집에 불이 나서 소론을 쓸 여유를 갖지 못했던 것도 사실이다. 그런 상황에서 편집계획을 변경하고 '시계'를 동일 테마로 해서 전원이 참가하기로 결정을 했는데 그것도 우리들의 역량부족으로 실현되지 못하고 점점 지각 출간이라는 아픔을 맛보게 되었다. 편집계획에 잘 따르며 '시계'의 작품을 보내주신 몇 분의 회원여러분께는 심히 불만스런 결과를 초래하게 되었으니 양해해 주시기 바란다. 금년에는 이런 폐해를 일소해나가고 싶다.

△

『진달래』 내부에서만 아무리 투쟁적인 열띤 토론을 해봤댔자 그것만으로는 불충분하다. 더 넓게 밖으로 눈을 돌려 일본의 민주주의 문학과의 관련을 심화시킴으로써 우리들의 시작始作 활동의 양식으로 삼고 싶다. 일상적인 학습의 강화 없이는 생각할 수 없다.

△

조총련이 재 오사카 조선인 문화 활동가 결집에 신경을 쓰

게 되었다. 너무 늦은 감이 없지 않으나 그래도 중요한 일
이다. 우리들은 충심으로 찬성하고 우리들의 행동의 필요를
통감하고 있다.

진달래 17호
발행 1957년 2월6일
정가 50엔
편집부 홍윤표 김시종 조삼룡 김인삼
발행대표 정인
발행소 오사카시大阪市 이쿠노구生野区 이카이노猪飼野 5-6
오사카 조선인 시인집단

発行所　大阪市生野区猪飼野中五ノ二八　大阪朝鮮人詩人集団
発行代表　鄭仁
編集部　洪允杓　金時鐘　趙三竜　金仁三
定価　五拾円
発行　一九五七年二月六日
デンダレ　十七号

비니 펄 필름시트
투명 프레스판(연질- 경질)
가로 세로 1미터 두께 0.3-2밀리미터
비닐/ 성형품 공업용 파킹식
마루이치丸一 고무 공업주식회사

오사카시 이쿠노구 이카이노 동10- 45
전화 오사카 73-3737〈대〉3738/3739

카타에 엥片江園

가족동반 회합에 객실 개방의 카츠야마勝山점으로
카츠야마 공원 북쪽입구 바로.
근대화된 곱창요리
카타에점 시 버스 카타에 마치 정류소 북쪽 입구
이마자토今里점 아마자토 심바시新橋로 남쪽 막다른 골목

항상 감사합니다. 학용품 • 사무용품 각종인쇄
타츠미辰巳 문구점으로

이쿠노쿠 이카이노 중 6-3
전화 이쿠노 73-8447-7373

일본문장 조선문장 인쇄 일체 신속 인수

활판 • 옵센 • 인쇄

문공사 인쇄소

영업소 오사카시 이쿠노구 이카이노 중4-7

이치죠오—条로 미사치 모리御幸森초등학교 남쪽으로 두 번째 집

공장 오사카시 이쿠노구 이카이노 서 3-106

전화 이쿠노 73-5061

조국으로부터의 문헌 뭐든지 갖추겠습니다.

9월서방

사무소 조선인 협회

활판 • 옵센 • 인쇄

오사카시 히가시 나리구東成区 고바시小橋기타노 마치北之町 2-58

전화 남 75-8540

다방 • 식당

모모다니 다방

시버스 모모타니桃谷역 스지筋 정류소 동쪽 입구

전화 남 73-2814

 심야에 걷다가 지치면 가벼운 마음으로 오십시오. TV•음악

チンダル

第8号

1957 18号

大阪朝鮮詩人集団

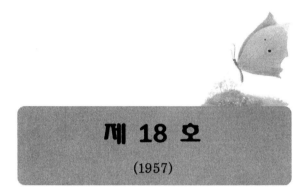

제 18 호

(1957)

목 차

작품

チンダレ 18号

目　　次

作　　品

거리

정인

어렵게 시간을 내어
일요일.
익숙한 모습으로
미지의 찻집에
잠입했다.
숲은 좀처럼 저물지 않고
습지대는 태고 적 그대로.
나는 뜻밖에
기억 속 음색을
들었다.
낯선 작은 새 한 마리.
나를
바라보고 있다.

기억해내지 못한 채
커피를 주문했지만
자신 있는 듯한
친근함은
나를 불안하게 한다.
무릎에 앉거나

머리에 날아와서는, 안색을 살피고 열렬히 애
교를 부리는 모습.
때로는
아무렇지도 않게 날렵하게
나의 밤에까지
참견을 한다.

먼 해명처럼
위의 욱신거림이 되살아난다.
나는 방심하여
커피 잔을 놓쳤다.
쇠창살 저편에
자리를 잡고 사는 작은 새.
본능은 분명하다.
"귀엽죠!"
마담은 목을 움츠리며 얌전히
웃는다.

경사진
삼각형 거리에서,
내 자존심은
한 마리의 말.

복수를 맹세하는 나는
마음 약한 하사관이다.

무료함

조삼룡

똑 하고 분침이 움직이고
정적이 이어진다.

조용히 역사의 셔터는 터지고
순간은 수많은 장면을 덮는다

무너진 청춘의 소리는
언제나 여운을 남기고
웅크린 채 내 시간은
의미 없는 모양을 엮어낸다.

꿈은 낮까지 이어지고
깨어나면 밤이 시작된다.
아침은 언제나 꿈속으로 사라지고
구름 탓인지 아직 태양을 본 적이 없다.

풍경은 낯익지만 친숙하지 않고
친구들 모두는 애매하게 미소 짓는다.

밤이여 빛을 밝히지 말고[1]

박실

밤이여 빛을 밝히지 말고 오렴.
조선인 거리는 기다리고 있다.
새까만 어둠 속 좁은 길로
젊은이들이 돌아오기를.

오늘도 찾아온 적막 한 밤.
삐라를 뿌리러 오는 이 조차 없는 집집마다
큰소리로 떠드는 자 없는 저 길모퉁이
시끌벅적한 모임도 사라져버린 저 방에서.

조선의 젊은이들은 사라져 버렸다.
정성들여 넘겨온 달력 한 장 한 장을
어느 샌가 폭풍이 휩쓸고 간 후
정신을 차려보니
10년의 청춘을 불태우고 있었던 것이다.
오늘도 찾아온 적막 한 밤.

조선인 거리는 그러모은다

---

1) 본문제목은 '夜よ明かりを灯さずに'로 되어 있으나 목차에서는 '夜よ
明かりを'로 상이하다.

젊은이들이 남기고 간 잿더미를.
잿더미를 짓밟고
강철의 지도자가 배회할 테니.
영혼이 병든 적이 없다
아픈 영혼을 모른다-.

거리는 그러모은다
조선의 젊은이들이 남기고 간 잿더미를.
아무것도 믿을 수 없게 된 기억 속에
이것만은 확실한 모습으로 살아있다.
불타버린 청춘은 아름다웠고
밤새워가며 미래를 비추고 있었다.

밤이여 불을 밝히지 말고 오렴.
캄캄한 어둠속이라면
밤과 낮을 착각할리는 없겠지.
거리의 정취를 모르는 자는
배회할 일도 없을 테고
때 아닌 나팔을 부는 일도 없을 것이다.

조선인 거리는 기다리고 있다.
새까만 어둠속 저 좁은 길로

젊은이들이 돌아오기를.
그때까지 한결같이 그러모을 것이다
젊은이들이 남기고 간 재를.

기억의 시작

양정웅

여자는 봄 햇살 속에서 걸어온다
몇 초간의 간격
내 시선은 여자를 꿰뚫는다
태양이 정면으로 다가왔다
나는 눈을 깜박인다
치마가 미풍에 날리고
공간이 주름잡힌다
감정의 마찰
나는 지나가는 치마줄무늬를 따라간다
이국의 냄새가 난다
나는 그것을 잡으려 애태운다
여러 감각들이 머리에서 튀어나와
투명하게 흐른다
갑자기 열중한다
치마줄무늬는 작아지며
오사카 길모퉁이를 돌았다

실험해부학

양정웅

나는 도망가는 여자의 머리칼을
꽉 움켜쥐고, 그 자리에 쓰러뜨리고
그 위에 올라탔다.
여자는 손톱을 세우고 소리치며
울기만 할뿐
그것이 지금은 습관이 되어버렸다.
여자는 지금보다도 미래보다도
과거를 사랑했다.
나는 과거보다도 미래보다도
지금을 사랑했다.

나는 여자의 머리카락 한 올 한 올
손목, 양다리, 늑골을
벽에 못 박아 둔 채 나갔다.
저물 때까지 그대로 내버려 두면
여자는 스스로 머리를 비틀어
살이 찢기는 것도 상관없이
못을 잡아 빼고 온 몸이 피투성이가 되어
먹을 것을 찾아다녔다.
나는 점차

노는 것에 질려 귀가하여
파랗게 질려 잠든 여자의 허벅지를
칼로 도려내어 먹는다.

어느 날
내 여자가 낳은 것은
등과 등이 붙어있는
쌍둥이 기형아였다.
여자는 소리도 내지 못하고
실신해 버렸지만
나는 녹슨 메스를 들고
소독도 하지 않고, 마스크도 없이
수술하기 시작했다.
나는 갓난아이를 거꾸로 들어올려
부드러운 꼬리뼈에 메스를 대자
거기에서 온기 있는 과거의 피가
서서히 흘러나왔다.
나는 토할 듯하여
뿌예지는 지방덩어리를
의식하며 중단했다.

거울에 비춰진

내 폐 속에서 들여다보고 있는
한 마리의 회충
나는 조용히 메스를 쥐고
흉부부터 조금씩 힘을 넣어
점액같은 위장을
절개해간다.
그 바닥에 쌓인 산액을 흘려보내고 있는
정체 모를 물체.
나는 그것을 먹어 본다.
노란 액이 식도를 통과해서
다시 쌓인다.
나는 시간과 소화되지 않는 무게를
의식하며 걷기 시작한다.
희미하게 소생하는 의지에 재촉당해
나는 위와 장을 매단 채
갓난아기의 등을 다시 한 번
차단하기 시작했다.

황야

송이남

'팡' 하며
총성이 울렸다
나무 가지가, 기울었다

홍시가
먼지 일은, 땅위에
뚝, 떨어졌다

사슴가죽옷의
사냥꾼이, 엽총을
들고, 달려왔다

'사냥감에, 명중했을, 텐데'
주변은 황량하고
동요없이, 적막하다

밀집한 파리 떼가
홍시의, 내장을
침식하고 있다

사냥꾼이, 엽총의 개머리판으로
풀숲을, 헤집은, 순간
파리가 윙윙거리며, 흩어졌다.

갑자기, 바위 뒤에서
작은 새가, 푸드득거리며
허공으로 날아올랐다

사냥꾼은
입술 양끝을, 오무리며
총구를 하늘에, 고정했다

'지금이다. 빨리 쏴야 해'
검지에, 힘을 집중한
방아쇠를, 힘차게 당겼다.
철컥 '이럴 수가'
총알이 들어있지 않았다

가쓰야마 お勝山 2)

홍윤표

아무도 없는
여기
그네가 하나
그늘의 교수대絞首臺

매달려
힘껏
하늘을 차자
주변에서
녹슨 쇳소리가
들렸다

언덕에는
죽임당한 말이
거꾸러져
사지는
나무 모양을 하고 있다

---

2) 오사카 이쿠노生野구에 있는 유적지로 원래는 오카야마岡山라 불렸으
나, 1615년 오사카 나쓰노진大坂夏の陣 전투에서 도쿠가와 히데타다德
川秀忠가 전승의 축하연을 개최한 것에서 가쓰야마라 불리게 되었다.

옛날
이에야스家康의 군세가
말굽소리를 울렸다는
그럴싸한 도살장

남자 한명이 온다 해도
구할 수 있는
거리의 배열이 아니다

구청
우체국
소방서
기상대
경찰서

도로를 하나 끼고
이것들은
사건을
기다린다

그리고 어느 날 밤
추궁당한

밀항자는
언덕위에서 조용히
목을 매고 만 것이다

빨간 상복

김화봉

소년의 순박한 눈은
국산 선반을 조작하는 교사의
손을 잡고 놓지 않는다.
창 너머로 바쁘게 짐을 들어 올린다.
화물선이나 어선이 트롤선을 안고
함흥의 파도는 느긋하게 일렁이고 있다.

경사진 굴뚝들의 검은 한숨
칼바람에 창고가 서로 몸을 포개며 떨고 있다
새까맣게 고인 해면에
개의 사체 그
썩어 문드러진 해파리같은 눈을 한 나체의 여자가
양발을
들여다보는 상복의 남자 검은 어선
의 피로‥‥‥‥
수평선이 나의
필사적으로 뻗은 양 손을
석양과 함께 갈라놓았다─
기적소리가 구조를 찾아 2월의
오사카항 방파제에 스며들어갔다.

한 장의 사진이 나를
오사카 끝에서 끝으로 옮겨 놓았다

엘레강스

성자경

문을 열면 늘 기분 좋게 울리던 벨소리가
작은 돌을 굴리는 듯한 소리밖에 나지 않는다.
공기가 움직이지 않는 것이다.
의사는 없고 어둠속에서 빛나는 맑은 눈을 가진 여자가 나
왔다. 몇 번 이나 본
여자다.
틀에 박힌 대화는 서로에게 마음의 커튼이다.
메스, 가위 등이 여자 뒤에서 노려보고 있을 뿐 아무도 없다.
그때 두 사람 사이에 일단락 검은 공기가 흘러들었다.
여자는 당황하여 커튼을 닫아보았지만 이미 늦었다.
숨소리를 담아 "가슴은 어떠세요? 아직 이명이 들립니까
······"등등 계속해서 묻는다.
젊은 환자같은 남자가 들어와서 여자에게 인사하고 사라졌
다.
문에 달려있는 벨소리가 딱딱 고막을 때리기가 무섭게 여기
저기 튕겨 돌아온 여자의 소리가 푸석푸석 들려오고
젊은 남자소리는 여자의 목숨을 태우는 진홍의 불꽃이다.
  "저, 체질이 약하죠. 스트렙토마이신[3]을 놔줄 순 없나요?"

---

3) 항생제로 아미노글리코사이드로 불리는 약물군 중 첫 번째로 발견되었
   으며 결핵의 1차 치료제이다.

여자가 뇌리에
속삭이고 있다.
"일하면서요……" 나는 무심코 소리를 내고 있었다.
입가에 맴도는 소리지만 폐는 떨리는 여자같다.
손바닥 같은 젊은 남자의 소리가 여자의 소리를 무한히 딱
딱한 어둠속으로 밀어
넣는다.
약에 떨어지는 모기처럼 어둠에 부딪힌 여자의 소리는 사라
졌다.

밤의 고동

김지봉

당연히 저택의 주인이 사용하는 것이 도리인데.

극도로 부패한 이국적인 냄새가 충만한 응접실.
심하게 조화롭지 못한
불안정한 위치에
적량의 칼로리 제공에 위로받으며
완전히 장식품처럼 되어버린
고풍스런 괘종시계의 낡아빠진 움직임이
지친 신경을 자극해온다.

단조로운 일과의 반복에
완전히 녹슨 표정
왕성할 정도의 시선의 욕구.

적당히 계산하면 어느 정도나 될까.
어쩔 수 없는 방대한 공백을 짊어진 채
너무도 충실하게
다니기 익숙한 궤도를
한결같이 걸어왔는데
자비도 없이 폐물이 되어

가차 없이 처분 당한다.

무슨 일이 있어도
시선을 되찾지 않으면 안 된다
무슨 일이 있어도.

한밤중
회색의 고풍스런 괘종시계
찌부러진 음색을 울리며
내일을 고한다

칫항築港⁴⁾

김인삼

쨍쨍한
쨍쨍한
칫항의.
한여름 바다는
반사가 대단하다.
저것은
이미 바닷물이 아닌
기름이다.

돌아온 시영전철이
눈에 띄지 않게
일주한다.
주변의
철근과
판잣집은
무겁게 무겁게
빈터를 남기고
그래도,
북적거린다.

_____

4) 오사카시 미나토구에 소재하는 항이다.

하늘 쪽으로
기지개 펴려한다

나는.
빈터가
신경 쓰였지만
메이지천황의
뭐라 뭐라 하는 기념탑
그늘 속으로 들어갔다

사람의 모습도
정확히 알 수 없는
맞은편 기슭에는 선착장.
쨍쨍
반사하는 빛을 맞으며
거대한
외국화물선이
한척.
갑자기
갑판 쪽에서
흩어져가는
어두운 불꽃이 보였는데

그 뿐 이었다.

기중기가
가끔
중후한 소리를 내지만
그것조차
여기저기 굴뚝에서 나오는
연기와 함께
괴이한 고요함을
가져왔다.

노란 작은 새

남상구

뉘엿뉘엿 기울기 시작한 해질녘 거리를
약간의 조바심 같은 것을 느끼며 터벅터벅 걷고 있었다
모퉁이를 왼쪽으로 돌자
거의 동시에 부딪칠 번한 새장 앞에서
삐끗한 다리를 움직일 수 없게 되어버렸다!!
언젠가 읽었던, 책에서 산란했던 노란 작은 새이다
다짜고짜 꿈속에 날아 들어와, 결국은 서식하게 된
노란 작은 새가 아닌가
아내의 얼굴에도 둥지를 틀고 있는, 저 노란 작은 새가 있
는 것이다.

작은 새는 내 얼굴을 기억하고 있는 듯
새장 안을 크게 돌며
지저귀기 시작했다.
나는 가볍게 인사를 건네고, 새장 앞을 떠나갔지만
떠난 후,
뭔가 신경 쓰이는 것이 있어
다시 새장 앞까지 되돌아갔다
마침 가게 주인이 모이를 주려던 참이었다.
작은 새는, 주인과 꽤 친한 듯

손바닥에 올라가기도 하고
어깨 위로 휙 날아와 앉아있거나
품속으로 파고들거나 했다.
그러다 새장으로 넣으려 할 때
해는 갑자기 지고, 주변은 순식간에 어두워지며,
밤이 되자
작은 새는 고개를 움츠리며 히쭉 웃는 것이다.

그런데 다음날, 아침 일찍
주인이 여느 때처럼
작은 새에게 먹이를 주려 한 순간에,
새장에서 스르르 빠져나온 노란 작은 새는
무슨 생각을 했는지
힘차게 비상했다고, 생각하는 순간
  "악" 놀란다
주인의 눈동자를, 날카롭고 뾰족한 부리로 찌르고
피를 질질 흘리며
뛰어오르듯
아침 놀진 하늘로 날아가 버렸다.

아침 늦게까지 자고 있던 나는,
심장의 고통에

문득 눈을 떴다.
언제 왔는지
노란 작은 새가 갈빗대에 앉아
심장을 쪼고 있다.

옆 방

김원서

어둠 속에서 우선 귀가 트이고 눈이 떠졌다.
민감한 두 귀는
유리문을 뚫고
옆 방 침실 안으로 침입한다
숨을 죽이고.......
....
적당히 꾸민 환상은,
온갖 소리가 가진 의미를 찾는다.

여자의 신음소리에 착란 된 신경
마음속에 뒤얽힌 두 개의 나체

분열한 나와, 성인聖人적인 나와의 투쟁
깔려있던 내가
깔고 있는 나를 비웃는다.

   '여보게, 자네, 위선자,
   진정 들여다보고 싶지 않은가,
   저 옆방을,
   정말인가? 정말인가? 정말인가?'

자신을 잃고, 당황하는 나를
거절하지 못하고
웃고 있는 나의 공허한 울림.

오열로 변한 신음을 들으며
손은 긴장과 흥분으로 달아올라 충혈된
근육의 돌기를 더듬어 본다.

질척질척
달라붙은 점액 속을,
나와 나는 필사적으로 허우적거렸다.

어둠속에 빛나는 야광침은 새벽 두시,

주정뱅이에 대한 기대

김원서

큰 테두리 밖에서
수십의 냉혹한 눈이 응시한다.

길 위에 떨어진 핏방울은,
방관자를 위한 흥분제.

2천 년 전, 로마 시민들이
원형극장에서
인간과 야수의 싸움을 보는 듯,
약간의 긴장과
감출 수 없는 기대에 설레이며.

엉킨 두 사람의 그림자가 지상에 쓰러졌다
살과 살을 부딪친다······

사람의 원은 작게 오그라들고
말 할 수 없는 경쾌한 웅성거림.

키 작은 쪽이 일어났다.
승리자가 이름을 대며,
　"유도 2단의 솜씨 보여줄까-
　다시 한 번 내던져 줄까"

피에로에 집중하는,
동의와, 멸시와, 냉소와, 기대의,
기묘한 믹스.

지상에서 꿈틀거리는 머리를 힘껏 차고,
의기양양하게 개선장군의 나가신다!

흩어진 사람의 원은,
다시 땅바닥의 희생자를 둘러싼다.

충만한 3분간의 만족감에 성이 차지 않아
나머지 7분간의 자극과 기대를 바라며.

피로 물든 익살꾼의 얼굴은,
의미도 없이 웃는다.

오사카 총련

김시종

① 알림(고시)

급한 용무가 있으시면
서둘러 가 주세요.
총련5)에는
전화가 없습니다.

급하시다면
소리쳐주세요.
총련에는
접수처가 없습니다.

볼일이 급하시다면
다른 곳으로 가 주세요.
총련에는
화장실이 없습니다.

총련은
여러분의 단체입니다.

---

5) 재일본조선인총연합회(총련)는 일본에 있는 조선민주주의인민공화국에
   강한 소속감을 갖는 재일 조선인의 조직을 말한다.

애용해주신 덕분에 전화요금이
쌓여 멈춰버렸습니다.

총련은
오기 쉬운 곳입니다.
모두들 그냥 지나가니
접수의 수고는 덜었습니다.

속은 어차피 썩어있습니다.
겉만 번지르르하다면,
우리의 취미로는 딱 입니다.
화장실은 급한 대로 쓸 수 있다면 상관없습니다.

그러니 새로운 손님은 초대하지 않겠습니다.
그러니 새로운 손님은 보내지 않겠습니다.
2층 홀은 예약제입니다.
오늘밤은 창가학회6)가 사용합니다.

---

6) 1930년 11월 18일 마키구치 쓰네사부로(牧口常三郎)와 도다 조세이(戸田
城聖)가 창가교육학설이라는 독자적인 교육론에 기반한 교육개혁을 목
적으로 니치렌 정종의 신도단체인 창가교육학회를 설립했다.

② 동원

동지가 죽었습니다.
동지가 죽었습니다.
과로가 쌓여 죽었습니다.
영양실조로 죽었습니다.

모두가 한창 투쟁중이여서,
병문안 갈 틈도 없이
혼자 쓸쓸이 죽었습니다.
불타오르는 애국심을
가슴에 묻고 죽었습니다.

애국자입니다.
거울입니다.
여러분
장례식은
인민장으로
성대하게
성대하게
장례위원회를
결성합시다.

모두 오세요.
행렬합시다.
검은 완장 두르고
조용히
선두에서 전진합니다.

가운데는
유가족들로 울음 섞인 목소리.
그 뒤로는
떠드는 소리.
교통 순사가 달려와서는
길 정리를 해 주었습니다.
마을사람은 총출동입니다.
애국자를 지켜봐 주었습니다.
총련인들은 한마음으로
모두가 지켜봐 주셨습니다.

그래서 동지는 영면합니다.
죽어서 꽃을 피운 것입니다.
이제 곧 굴뚝에서
즐거운 천국으로 올라갑니다.
지켜봐 주십시오.
*작자의 양해 없이 이 작품의 게재를 금합니다.(김시종)

맹인과 뱀의 입씨름

-의식의 정형화와 시를 중심으로-

김시종

나는 지금 어느 한 유서를 읽으려 한다. 그것은 반드시 죽은 사람의 것으로만 국한된 성질의 것은 아니다. 써야 할 필요가 있다는 부담은 느끼지만 아직 쓰지 않은 공란이다. 누군가가 봉투를 뜯었을 때 그 사람은 나만큼은 놀라지 않을지도 모르겠지만, 이 녀석의 무게감은 나를 꼬드기고도 남을 만큼 충분하다. 쿵하고 울린다.

멀리 도망쳐서라도 스스로 생명을 버리지 않으면 안 되었던 젊디젊은 청년들의 스이타사건吹田事件이 가진 일부의 무게감이기도 할 것이다. 날조된 사건에 뻔뻔스럽게 수수방관하지 않으면 안될 만큼 - 아니 그 정도의 관심사도 아니지만 - 우리들과 관련된 과거의 일부분이 14년의 낙인이 되어 이쿠노사건生野事件의 피고들을 짓누르고 있는 '애국심'의 무게일지도 모른다.

어느 것이든 손바닥 뒤집는 듯한 민전으로 부터의 노선전환이 많은 '애국적 행위'를 지나쳐 버리고 새로운 형태의 애국심을 요구하기만 한다. 시에 있어 자살자가 왜 생기는지는 다음 유서에 의해 명백해 진다.

×   ×   ×

나는 일본어로 시를 쓰고 있는 것에 대해 오랜 의문을 품어왔다. 그것은 아마도 '시를 쓴다.'는 구체적인 행동이전의 문제로 민족적 존재문제였던 것 같다. 조선인이 일본어로 시를 쓴다는 것이 즉 그 시인의 민족적 사상성 결여라 지적당하기 쉬운 점 때문에, 나 스스로 어느새 그것을 하나의 정의로 받아들이게 되었다. 그래서 나는 애써 언어의 이식이라는 것을 시도해 보았지만 '조선의 시'다운 시는 전혀 쓰지 못했다. 내 번민은 여기서 시작되었다고 해도 좋을 것이다. 왜냐하면 '조선인'이라는 총체적인 것 안에 일개 개인인 내가 자신이 가진 특성을 조금도 가미하지 않은 채 갑자기 덤벼들었기 때문이다. 나는 그 전에 우선 이렇게 해야 했다. '나는 재일이라는 수식어를 가진 조선인이다.' '나는 (모)국어를 의식적으로 조선어라 설득당해 조선어가 (모)국어로 되어 있다.' 나는 그럼에도 불구하고 다음 의문을 자신에게 했어야 했다고 생각한다. '나는 왜 시를 쓰고 있는가?'라고……이와 같은 까다로운 조건 속에서 '나는 왜 시를 위해 그렇게 몽당연필에 매달려 있지 않으면 안 되었던가?'라고.

나는 이 순서를 잘못 잡은 탓에 스스로가 스스로에게 점점 빼도 박도 못하게 되었다. 시를 씀으로 인해 생겨나는 부작용으로 고통이 어느 샌가 진통으로 바뀌어 버린 것이다. 내가 시를 쓰는 것이 막다른 곳에 다다른다 해도 그것은 당연한 결과이다. 쓰면 모두 거짓의 시이든가 아니면 필요이상으로 비참한 시가 되든가 - 했기 때문이다.

영광을 바칩니다
신년의 영광을
조국의 국기이며 승리이신
우리들 수령동지 앞에!

와 같은 시는 내게는 무감각이상으로 혐오스럽기까지 해서 더 이상 나는 거짓말 같은 시를 쓸 수는 없다. 쓰기는커녕 읽고 싶지도 않다. 시범삼아 채널을 돌려봐 달라. 조국의 일본인대상 방송은 오늘도 같은 프로를 반복하고 있을 것이다. 우선 뉴스 해설이 있고 그것을 지지하는 열성자대회의 격렬한 녹음풍경이 장황하게 끼워지고, 그리고 조용히 몇 곡정도의 가곡을 들어야 한다. 나는 이런 조국의 가곡을 몇 곡 듣고 싶지만, 그렇게 많이는 들려주지 않는다. 잘못 돌려 채널을 너무 돌리거나 하면 이상하리만큼 강한 파장으로 아주 똑같은 주장을 '한국'에서 듣게 되어 당황스럽기도 하다.

　동떨어진 속에서 조국을 의식하려하는 내게 조국 방송프로는 전적으로 1인수긍이라고 밖에는 할 수 없다. 적어도 일본인대상 방송치고는 '재일' 혹은 '일본인'이 가진 특성을 그 정도로 깊이 고려하고 있지는 않는 것 같다. 우선 이런 방송을 누가 들을까? 그것은 대부분이 혁명의식이 투철한 특정애국자에 한정되지 않을까? 그것이 유일한(가장 가까운) 조국에 대한 지식의 공급원이며 애국심의 온상일 때, 그들이 내게 영혼의 기사로 애국시를 강요한다 해도 그것은 적어도 이상하지 않을지 모르지만, 그것과 내가 시를 쓰는 것은 전혀 관계가 없는 것이라 해도 좋을 것이다. 내 시가 대중을 계몽시키지 못했을 뿐 아니라 조국의 시 조차 '재일'이라는 독자대중에게는 시가 가진 매력의 마모이상 도움 되지 않는다고 단정한들 그리 당치않은 주장이 되지 않을 것이기 때문이다. 만약 내가 그렇게까지 심각하지 않다 해도 "영혼의 기사"로서의 찬사(그것도 대중계몽을 위한)는 적어도 내게는 너무 부담스럽다. 작자자신이 애착이 가지 않는 작품이 어찌 대중계몽향상을 도모할 수 있을까? 여러분도 기억하고 있을 것이다. 대중집회에서 10인의 변사 중

한명만 얘기하고 끝난 것을……그것도 많은 시간을 소비하고 말이다. 이것이 우리들 자주학교 아동극의 현상이다.

주인공들은 소년이면서 내용은 이미 소년이 아니다. 거기에는 너무도 훌륭한 공화국간부의 의견이 세력을 떨친다. 사소한 것에 경이를 느끼고 기뻐하고 슬퍼하는 소년의 꿈은 자취를 감추어 버렸다. 좀 예전 얘기지만 조국부흥자금 모금운동에 관한 하나의 에피소드를 나는 아무래도 남겨야할 필요성을 느낀다. 내가 사사받고 있던 어느 일본인 선생님께서 당시 이런 말씀을 해주셨다. 아베노 터미널[7]에서 조선소년들의 조국부흥자금 모금대를 만났던 이야기이다. 그 호소를 듣고 선생님은 약간의 모금을 하셨는데 다른 선생님들은 "저건 마치 어른 같네."라며 쓴웃음을 지으셨다한다. "미군의 야수적 침략에 의해 우리 아름다운 조국은 잿더미로 변했습니다. 조국의 형제들은 추운 겨울을 앞두고 거리를 방황하고 있습니다. 일본인 여러분! 부디 저희 조국부흥 3개년 계획에 협력해 주십시오."라는 슬로건을 우리 인민교사들은 진지한 얼굴로 가르쳤겠죠! "그 호소가 소년다운 말투였다면 더욱 성과가 있었을지도 모르지."라는 그 일본선생님의 감회를 나는 지금도 잊을 수 없다. 시가 좀 더 진실하지 않으면 안 되는 때, 나는 이 슬로건을 내세우지 못하게 된 나 자신이 조금 가련하기까지 했다. 이 소년들의 호소는 즉 아동극의 내용이고 나아가서는 우리들 생활의식에 연결된 사물에 대한 견해를 보는 하나의 틀이 아닐까?

내 수중에 『새로운 조선新しい朝鮮』 11월호가 있다. 이것은 평양의 외국문출판사外国文出版社가 발간하고 있는 일본인을 대상으로 한 최근의 잡지지만, 여기에 두 편의 시가 실려

---

7) 현 오사카시 아베노구에 있는 아베노바시 터미널을 말한다.

있다.

하나는 「10월 아침에 호소하다.十月の朝にうたえる」(김우철 金友哲작)라는 작품이고, 다른 하나는 「말해라語れよ!!」(김동 우 金東友작)라는 (「원폭그림原爆の図」관람회장에서)라는 서 브타이틀이 붙어 있던 작품이다. 「10월 아침에 호소하다.」 는 제목만으로도 알 수 있듯이 세계 최초 사회주의국가를 성립한 러시아 10월 혁명을 기리며 노래한 시지만, 만약을 위해 전문을 적어 두겠다.

인류의 새로운 기원을 열었다
위대한 시월의 내일
사랑하는 친구에게 편지를 쓰자.
마음 속 응어리의 흐름은 여기서 수만리
시월에 새롭게 태어난 형제의
그 얼굴 얼굴이 가까이로 다가온다.

우리들 해방잔치에 축복을 보내주었다
빛나는 영광의 시월 그날이여!
밀물이 안개를 헤치고 상류로
내 소년시절로 거슬러 올라가면

온 나라는 감옥처럼 어둡고 차고
칼바람 창가를 두드리는 밤에
가난에 지쳐 병든 어머니에게
죽 한 그릇 드릴 수 없는
싸늘한 방에서

······밤이 아니더라도 적어도 술 찌꺼기라도
받아 올수 있다면 얼마나 좋을까·
이렇게 생각하면서 여동생과 함께
공장에서 돌아오는 길을 바라보며
아버지의 귀가를 기다렸다.

고통에 찬 세월은 흘러가고
적들을 쏘는 투쟁의 날에
우리들 함께 생활의 법칙을 배웠을 때
우리들의 눈과 눈
가슴마다 숨긴 시월의 깃발을
마침내 적들은 억지로 빼앗지 못했던 것이다.
총검의 위협과
형무소 높은 담장으로도
혁명의 파도를 가로막을 수 없었던 것이다.

이 깃발을 이어받은 동지들이여
잊지 말아라ㅡ철창에 휘감긴 긴 밤을
우리들의 신념을 격려하고
고문대 앞에서도 의연히
눈을 부릅뜨고 적에 대한 증오를 불태웠던 것을.

능라도綾羅島8)를 돌아 만경대萬京臺9)까지

────────────────

8) 평양직할시 중구역 경상동 대동강에 있는 면적 약 1.3㎢, 둘레 6km,
   길이 2.7km인 대동강의 충적섬으로 이름은 대동강 물결위에 능수버들
   이 비단을 풀어놓은 듯 아름답다는 데서 유래하였다.
9) 강원 동해시 북평동에 있는 조선시대의 누각으로 1613년에 김훈이 세
   웠으며 척주팔경의 하나로 정자 앞으로 내가 흐르고, 북평의 들과 동

한 줄기로 흐르는 자유의 강이여! 대동강大東江10)이여!
시월의 노래로 자란 당신의 시인이
오늘은 웅장한 당신의 언덕에서
이 행복한 우리들의 시대를 노래하는 것이다.

우리들의 기세는 실로
24시간 쉴 틈 없이 계속 노래하고
국영농장과 협동조합 들판에서는
트랙터에 콤바인11)이 쉴 새 없이 달리고 있다.

시월 아이들의
뜨거운 마음이 맺어지는 곳
시월의 심포니가 울려 퍼지고 확산되는 곳
우리들 승리의 깃발은
높이높이 나부끼는 것이다.   (안지랑安地浪 역)

사회주의국가를 지향하는 조국의 시인이 이와 같은 주제
를 고른 것은 오히려 당연하겠죠! 나는 여기서 특히 시가
가진 형식의 신구新旧에 대해 논하고 싶지는 않지만, 그렇다
해도 십년동안 한결같은 '무형의 정형시'에는 진절머리가 난
다. 사회주의 리얼리즘이 문제시되는 조국에서 이와 같은 절
규 투의 관념시가 존속되고 있는 이유도 그렇지만, 그래도
'일으켜 받아, 비틀어 묶는' 등의 정형시의 정석이 존경받

해가 한눈에 보이는 곳이다.
10) 대동강은 평안남도 대흥군과 함경남도 장진군 사이 한태령에서 발원
   하여, 남포시 와우도구역 영남리. 송관리 경계에서 황해로 흐르는 강
   으로 길이는 450.3㎞이다.
11) 농작물을 베고 탈곡하는 일을 한꺼번에 하는 농업기계를 말한다.

는 이유를 참을 수 없다. 이 시로도 아시는 바와 같이 그 작품에는 반드시 우리들의 과거-역사-가 담겨 있어야 하고 그리고 투쟁과 승리로 이어지지 않으면, 마치 '시'가 되지 않는 듯하다. 이것은 단지 '시'에만 한정된 것이 아니라, 우리들의 생활의식에까지 폭을 넓히고 있는 하나의 정형성이라 생각한다. 결혼식 축사에서 일제 36년간으로 시작해 국내외 정세보고로 끝나는 민족적지향의 경로가 내게는 '시의 정형성'과 무관하다고는 생각지 않는다. 이러한 것이 표준 척도 일 때 재일조선청년들이 갖는 세대적인 고민 등, 시와는 관계가 먼 테마에 지나지 않을 것이다. 그 개인의 내부는 어떻든 간에 '조국만세'를 외치는 한 안전한 것이다.

다른 작품에 대해 좀 더 말하겠다. 「말해라!!」의 마지막 절은 다음과 같은 것이었다.

말해라! 미국악마들에게
너희들이 죽을 때 말하지 못한
원자탄의 폭음조차도 지울 수 없었던
그 분노의 말을! 저주의 말을!

이것이 과연 일본인을 대상으로 한 잡지 내용으로 걸 맞는 시일까? '미국의 악마들'이란 작자가 단언해야할 말이 아니라, 읽는 이로 하여금 그렇게 외치게 해야할만한 성질의 결정적 이미지여야만 하는 것이다. 아마도 일본 풍조는 이와 같은 시에 일말의 감동조차 표현하지 않겠지만, 우리들의 정형성으로 생각해 보면 이렇게 단언하지 않으면 시가 되지 않고 감동을 불러일으키지 못하는 것이 되는 것이다. 그래서 일본어를 상용하는 사람들은 말의 변환에 고민해야

만 하고 나같이 자신을 컨트롤하지 못하는 자는 온몸으로
자신있게 대중을 지도할 수 있을 때 까지 문필생활을 접어
야 하는 것이다.
  그럼 나의 상처투성이 시들이여 안녕!
  ×   ×   ×
  나는 이 유서 속 '나'와 어떻게 엮어가야 할지 도무지
알 수 없게 되었다. 내가 쓴 유서를 내가 읽고, 내가 해명하
려 하는 것은 매우 세심한 반복 작용이라고 웃음거리가 될
터이지만, 유서를 쓴 것보다 처음 봉투를 개봉한 자로서 이
유서에 대해 모든 책임을 지려한다. 우선 시 전열에서 (나를
포함한)이탈자들을 나는 있는 힘을 다해 막지 않으면 안 된
다. 둘째로 나는 이와 같은 요인에 대해 적어도 대변해 둘
필요가 있다. 좀 더 구체적으로 말하자면 정형성의 풍조는
우리들 작품에 어떻게 영향을 미치고 있는지 알아야 한다.
그리고 감동의 질과 작품과는 어떻게 독자와 결부되어 있는
지를 알아 둘 필요 – 까지는 아니더라도 알려는 노력은 해
야만 한다. 이상이 내가 짊어진 책임의 요지라 생각되지만,
나는 나 나름대로 이 두 가지에 대해 대답해 보려 한다.
  우선 나는 순서를 반대로 감동의 질과 작품과 독자 – 부
터 생각해 보겠다.
  내가 항상 신경 쓰고 있는 것 중 하나는 '공감'이라는 것
이다. 예를 들면 유행가와 시와의 관련이다. 요즘 유행가의
범람은 양적 비중에서 도저히 시와는 상대가 되지 않는다.
하지만 시를 쓰는 자로서 한 마디로 유행가를 비방 할 수
없는 것은 그것이 훌륭하게 공감'이라는 기둥에 기반을 두
고 성립되어 있다는 것이다. 유행가는 사고력을 **빼고**도 노
래하는 사람은 충분히 그 기분에 **빠져들** 수 있다. 게다가

옥타브의 변화가 없어도 오히려 부르기 쉽다는 점에 효용성이 있을 것이다. 마치 식은 죽 먹듯이 얼마든지 읊조릴 수 있도록 되어있다. 그것이 위확장을 초래해 위, 식도암의 큰 요인이 되었다고 지적해봤자 그 '공감'은 쉽게 뒤집을 수 있는 성질의 것은 물론 아니다. 이렇게 생각해 보면 '대중을 위한 알기 쉬운 시를 쓴다.'는 것에는 큰 문제가 있는 것 같다. 그저 부여하는 것만으로 좋은 것일까? '영혼의 기사'를 내세우면서 반대로 '공감'을 겨냥하는 시의 도박사는 없는 것일까? 그저 단순히 공감 = 감동만이 시를 평가하는 기준이라면, 딜런 토마스(Dylan Thomas) 방송극과 「너의 이름은 君の名は」이 청취자에게 준 감동량의 비교는 목욕탕을 비운 「너의 이름은」의 승리일 것이다. 여기서 문제는 공감의 '양'이 아니라 공감의 '질'인 것이다. 여기서 당연 어려운 시와 쉬운 시의 관련이 제기될 것 같지만, 그 이전의 문제로 어떤 작품을 쓴다 해도 독자의 공감에 파고드는 '작자의 위치'가 명확하지 않으면 안 된다 생각한다.

『진달래』에서 최근 논란이 되는 화젯거리 중 하나는 '조선적인 테마를 다루면 작품의 질이 저하한다.'는 문제이다. T군은 이것을 일본적 풍조 안에서 자란 조선청년들이 가진 열등감이라 말하지만, 단적이기는 하나 적절한 답변이라 생각한다. 그렇다면 이 '열등감'은 '의식의 정형화'와 어떻게 결부되는 문제인 것일까?

솔개와 가난한 남매

오늘도 굶었다
효일이와 여동생 순자는
어둑어둑한 복도 구석에 서서
우울한 얼굴을 하고
신발장을 차고 있다.
효일이의 오른쪽 발이 뚝 차면
순자의 왼발이 툭하고 찬다.

발견한 것은 효일이다.
대단하다!
저렇게 높은 곳에 말이야
효일이가 동상 입은 손으로 가리켰다.
순자가 위를 쳐다보자
검은 새가 천천히 움직이고 있다.
오빠 저건 솔개네.
응. 솔개야.
한 마리뿐이라 외롭지 않으려나.
외롭지 않을 걸.
저렇게 높이 있으니 조선까지 날 수 있을 거야.
그럼 날 수 있지.
쳐다보는 효일이의 눈이 반짝 빛나고 있다.
지켜보는 순자의 볼이 빨갛다.

　이것은 『진달래』 15호에 발표된 권경택権敬沢의 작품이지
만 탐독하면 '공감'의 잔해만 눈에 띄는 작품의 전형이라

할 수 있을 것이다. 미리 준비해둔 결론으로 이끌어 가기 위한 스토리에 지나지 않는 것이다. 내게는 이 '가난한 남매'가 조국을 느낌으로써 어려움을 극복하는 과정 등이 너무도 식상한 나머지 입이 떡 벌어지지만 독자들에게는 어느 정도 공감'을 불러일으킬 만한 재료를 갖추고 있는 만큼 경계하지 않으면 안 된다. 여기에는 주문한대로 '애국심'이 있다. '효일'과 '순자'의 영웅성도 그럴 듯하지만 이런 결식아동을 주제로 한 '작자'의 눈 – 실은 이 '눈'이 문제지만 – '민족성'도 최상이다. 그러니 이것을 '대중의 시'라 평가해도 좋은 것일까? 나는 감히 이 작품의 구조에 대해 논하지 않을 수 없다.

　이 작품에는 우선 '작자' 자신이 없다고 단정지어도 좋을 것이다. '결식', '어두운 얼굴', '동상 걸린 손'이라는 '가난한' 조건을 갖추고 있으면서도, 타이틀 또한 「……가난한 남매」로 가져간 의도는 결코 조심성이 없기 때문은 아니다 '어두운 복도에서 어두운 얼굴을 하고 있는' 남매와 '동상 걸린 손'이 분간되는 위치 '작자'의 눈이 있음에도 불구하고, 결식아동에 대한 '작자 = 선생'의 움직임 – 충동 – 이 조금이라도 개입되어 있는 것일까? 애시 당초 개입가능할 리가 없었을 것이다. 그 '결식아동' 중에 '작자'가 끼어드는 순간 '가난한 남매'들의 '애국적 행위'는 중단되어 버리는 것이다.
그것을 위해서는 '바라볼 수 있는 위치'만이 작자가 있을 곳이고, 아이들에게 인형극을 계속하게 하기 위해서는 그만큼의 '거리'가 필요한 것이다. 그렇게 하면 슬픈가? 작자의 눈은 너무도 사정을 잘 알고 있다. 여기에 이 작품이 가진 모순 – 작자의 위치와 사상의 거리 – 가 있다.

　내가 심술궂게 이 작품을 추궁하는 이유는 이 작품뿐만
아니라 재일동포의 일반적 풍조로 만연된 성적成績주의적 근
성이 참을 수 없이 불쾌하기 때문이다. 이러한 풍조의 연장
은 『진달래』전호(17호)의 「봄春」과 「아침朝」을 읽어보면 좋
을 것이다. 거침없이 사건을 다루고 있음에도 불구하고 실질
적 감동이 솟아나지 않는 것은 그 사건 속에는 제대로 된
작자의 위치가 없기 때문이다. 긍정적인 면에만 얽매이지
말고 우리들 마음속에 자리 잡고 있는 부정적인 면은 왜 시
로 표현되지 못할까? 아동문제도 우리들 자주학교에 오는
수십 배나 되는 아동이 '일본학교'에 방치되어 있을 것이
다. 왜 그 아이들은 '조선학교'에 오고 싶어 하지 않는 것
일까? 왜 그 부모들은 '조선학교'에 보내고 싶어 하지 않
는 것일까? 일본어로 시를 쓰고 있는 조선인과 이러한 사태
와는 어떤 관계가 있는 것일까? 국어를 사용할 수 없는 속
죄로 좋은 면만을 봐주는 것일까? 아니면 일본적 풍조가 많
은 『진달래』여러분에게는 그런 권리가 없다 하는 것일까?
　이것으로 마치겠다. '어려운 시와 쉬운 시'에 대해서도
몇 줄 쓰고 싶었지만 다음기회로 미루겠다.
　마지막으로 다시 한 번 말씀드리겠다. 시를 쓴다는 것과
애국시를 쓴다는 것은 전혀 관계가 없다. 일본어로 시를 쓴
다 해서 국어시에 신경 쓸 필요는 조금도 없다. '재일'이
라는 특수성은 조국과는 자연히 다른 창작상의 방법론이 여
기서 새롭게 제기되어야만 한다고 생각한다.

　보기에도 강해보이는
　철가면이여.
　가면을 벗어라!

그리고 햇살을 쐬어라!
그리고 빛깔을 되찾으라!

1년의 집약

정인

　우리들 주변에는 분명 하나의 경향이 생겨나 있다. 세 명만 모이면 총련비판이 튀어나오는 형국으로 그것이 정치적 논쟁이라기보다는 오히려 인간적, 생활적인 면으로 중점이 이행되어간다. 즉 사상적 입장을 이러쿵저러쿵 하는 것이 아니라 인간내용이 문제시되고 있는 것이다. 적어도 진보를 자인하고 조직의 밥을 먹은 적이 있는 사람이라면 자신의 사상적 입장을 명확히 하는 기술을 터득하고 있을 것이다. 논쟁이 자연히 인간적인 문제로 좁혀들어 오는 것도 아마 당연한 얘기일지 모른다.

　조직의 무력함과 이러한 일반적 경향 속에서 『진달래』도 최근 1년을 보면 많이 변모했다. 나는 17호를 끝으로 『진달래』 책임자를 그만두게 되었지만, 그 때문에라도 최근 1년간 『진달래』의 움직임에 대해 어떠한 형태로든 정리해 보지 않으면 안 된다. 솔직히 말해 『진달래』는 지금 중요한 기로에 놓여있는 듯하다. 재작년(1955년) 12월에 김시종이 시집 『지평선地平線』을 발행했지만, 그것은 여러 의미로 『진달래』에 큰 영향을 주었다. 구체적으로는 '유민의 기억流民の記憶'이라는 명제이다. 홍윤표가 『진달래』 15호에서 시집 『지평선』의 독후감으로 '유민의 기억'이라는 명제를 끄집어냈지만, 그것은 어디까지나 김시종의 낡은 서정과, 조국을 틀림없는 실체로 받아들일 수 없는 정신상황을 지적하는 것에 그치고 말았다. 그리고 공화국공민으로서 금지를

유지하기 위해서는 자기내부투쟁이 필요하다는 것이다. 상
당히 개괄적으로 불충분한 형태로밖에 제출할 수 없었던 명
제이긴 하지만, 그렇다 해도 '유민의 기억'은 단지『진달
래』만의 고유한 문제가 아닌 재일조선인 특히 청년전체에
관련된 문제이다. 그럼에도 불구하고 외부적으로는 직접 이
문제에 대해 발언 한 자는 내가 아는 한 아무도 없었지만,
『진달래』내부에서는 어느 정도의 당혹함과 함께 복잡한
반응을 보였다. 왜냐하면 '유민의 기억'은 우리들의 시 창
작에 직접적으로 연결된 의식으로 각인각색으로 많든 적든
당면하여 생각해 온 사항이기 때문이다. 우리들 대부분이
일본에서 태어나 일본에서 자랐다는 사실 때문에 우리들 의
식의 저변에는 일본적 풍토와 어우러져 빼도 박도 못하는
형태로 과거가 웅크리고 있다. 그러면 그 후『진달래』에서
는 이 명제를 어떠한 형태로 계승하여 온 것일까. 우리들
논쟁의 중심은 공화국공민으로서의 긍지와 그 일원으로 자
기내부투쟁에 관한 것 이었다. 공화국공민의 긍지라는 추상
은 조금 번거로운 대상이다. 어떤 종류의 인간들은 조국을
운운하는 것으로 안심할 것이고, 혹은 또 찬란한 새벽녘의
상황을 밤새이야기 하는 것으로 자기만족 할 것이다. 이것
은 틀림없이 하나의 방법이고, 게다가 가장 안정된 방법이
기도 하지만 재일이라는 상황이 만들어 낸 '인간'은 대부
분 문제 삼지 않고 내버려 둔 채이다. 『진달래』도 결코 예
외는 아니었다. 그렇다 해도 인간부재의 논리를 오늘 날 다
시 믿을 만큼 선인이 되기에는 우리들은 너무도 고통에 찬
기억을 많이 가지고 있다. 이야기 하는 측과 이야기 되어지
는 측과의 평행선은 이미 구제 불가능 하고 간부의 부족은
결코 우연한 사실이 아닌 것이다. 거기에서 인간부재논리에

인간의 숨결을 불어 넣는 하나의 실마리로서 자기내부투쟁
이 있는 것은 극히 자연스러운 이야기지만, 실체가 확실하
지 않다는 점에서는 앞서 언급한 공민적 긍지와 별다를 것
이 없다. 우리들 주변에는 뿌리 깊은 하나의 편견이 있어
내부투쟁이라는 것은 조용히 혼자 처분해야만 하는 성질의
것으로, 이 결과만을 공개하는 것에 만족하는 귀족취미가
있다. 그 귀족적 자존심에 경의를 표하는 데는 뒤틀린 콤플
렉스가 눈에 띄어 애처롭다. 우리들 자기내부투쟁이 그런
초라한 것이어서는 좋을 리 없다. 더욱 냉철한 눈과 감성을
가져도 좋다. 결코 한 개인의 내부만이 문제가 아니라 집단
으로 우리들 조직내부에도 그 냉철함은 필요하다. 우리들의
생활의식이나 감정에 대담하고 예리한 조치를 취하지 않으
면 안 된다. '유민의 기억'에 관련된 우리들 정신실체를 파
헤쳐보지 않으면 안 된다. 결과로서가 아니라 그 파헤치는
과정이야 말로 실로 전체로 이어진다. 우리들은 너무도 말
이 없고 마음 약한 스타일리스트였었다. 조직원에게는 신경
질적인 성질을 부끄러워하는 경향이 있고 혁명적 정열과 낙
관성을 선호한다. 처치 곤란한 것은 낙관성이란 배를 움켜
쥐고 웃어버리는 것으로 그런 의미에서 무신경함과 같은 것
이라고 착각하고 있는 것이다. 엄청난 착각이라 해도 좋다.
역설적으로 말해 우리들은 충분히 신경질적 성질로 우리 주
변을 둘러보지 않으면 안 된다. 새로운 아침을 노래하기 위
해서는 그 이면에 오랜 암흑의 밤이 있다는 것을 알지 않으
면 안 될 것이다. 그리고 거기에 꿈틀거리는 인간군상을 백
주대낮에 꾀어내지 않으면 안 될 것이다. 그런 시기에 와
있다.

　지금까지 써 온 것은 우리들 『진달래』가 거슬러 온 논리

의 개요이다. 우리들은 재일이라는 상황에서 인간의 왜곡을 무시 할 수 없어 필연적으로 지금까지 우리들이 써 온 시를 재검토할 필요에 직면했다. 프로파간다 시가 초래한 상식적인 설치법이나 이미지의 상식성에는 더 이상 따라갈 수 없는 것이다. 예를 들면 평화를 노래하고 원수폭금지를 노래하면 그것으로 됐다고 생각하고, 그 자체는 결코 틀리지 않았는데 평화라면 비둘기이고, 원수폭금지라면 미국이 나오지 않으면 시가 되지 않는다 생각하는 그런 종류의 관념성에는 참을 수 없다. 평화도 원수폭금지도 우리들에게는 하나의 객체일 뿐인 것이다. 연쇄반응을 몇 행되는 문자에 담아 거기에 시라는 명칭을 주기에 이미 우리들은 시가 가진 독자적인 세계를 인식하기 시작했다. 우리들의 주의력은 시 자체에만 집중해왔다. 그것을 통해 우리들의 열의는 우리들 주변의 어두운 부분의 해결을 꾀하고 일상적인 자기 자신을 검토하는 것에 집중한 것이다.

예를 들어 우리들 모임을 보면 작품합평을 할 때는 많이 모여 활기차지만, 합평할 작품이 줄어들면 당연히 모임에서도 활기가 사라진다. 설상가상으로 잡지가 발행될 때마다 30%정도는 반드시 재고가 생기는 지경이다. 판매를 무시하고 있는 것은 아니지만, 여느 때처럼 판매에 열의가 생기지 않는 것이다. 우리회원도 대부분 이동하지 않고 또한 취미 정도의 마음으로 들어와도 본인 스스로가 있기 힘들어서인지 오래가지는 않는다. 한마디로 말해 우리들『진달래』는 동인화 되어가고 있는 것이다. 시의 질이 높아질 것이고, 그런 의미로 동인조직은 좋은 것임에 틀림없을 것이다. 회원 대부분이 그것을 바라고 있다. 또한 실제로도 그렇게 되었다. 그러나 여기서 잠시 생각하지 않으면 안 된다. 독자층을 조직하려는 당치않은 염원을 가질 필요는 없겠지만, 너무 동떨어져서도 안 된다. 일상적인 생활 속에서 독자의 위치에 우리들은 들어가 있지 않으면 안 된다 생각한다. 작년 한해를 통해 우리 잡지는 등사지에서 타이프지, 그리고 활판지로 어지러울 정도의 **빠른** 발전을 이룩했지만, 그에 따라 미지의 독자로부터 많은 편지를 받았다. 멀리 시모노세키下関, 니가타新潟, 히로시마広島, 시코쿠四国 등의 미지의 많은 독자들에게 대답할 의무가 우리들에게는 있다.

×   ×   ×

여름 전에 나는 책임자를 그만두지만, 재임 2년간은 내게 소중한 시간이었다. 괴로웠다고는 하나, 내 일생을 결정해 주었다. 어찌됐든 『진달래』 친구들과의 교류를 배제하고는 나를 도저히 생각할 수 없을 것이다.

합평 노트

이번 호부터 합평노트는 더욱 농후한 것으로 해야 한다 생각해 합평을 면밀히 적긴 했으나, 침을 튀어가며 논의에도 참가하다보니 필기하는 것은 팽개쳐둔 적도 있어 객관적인 합평노트는 불가능 했다. 하지만 이것은 어쩔 수 없는 일이라 생각한다. 그렇지만 나의 주관도 강하게 배제하려 했다.

「봄」,「아침」

홍윤표

이 시는 가볍게 쓰인 만큼 결함이 많이 보인다. 우선 이 시의 타이틀 및 내용이 유형적이고 독자의 상상력을 좁은 범위에 가둬버렸다. 조국이나 조선지도나 말이 관념적이고 리듬적으로도 감상적인 여운을 느낀다. 또 작자와 아이들과의 관계가 밀접하지 않아, 성냥갑 같은 조선학교에 다니는 빈곤한 아이들에게 상당한 애착을 느끼면서도, 한편으로는 부모들의 아이에 대한 무관심에 분노하며 이와 같은 형태의 문제를 제기해온 것은 조금 안이한 태도였다. 작자는 아이들의 동작을 더욱 깊이 관찰하고 추구하여 그것을 재일조선인에 대한 비판의 눈으로 발전시켜야만 했다.

『진달래』 내부에서는 현재 이러한 것들이 논의되고 있다. 우리들이 조국을 노래할 경우 안이하고 단조로운 선에서 노래하는 것은 피하지 않으면 안 된다. 자기내부의 잠재의식적 콤플렉스를 의식적으로 높여 그것을 극복하기 위해 우리들은 재일조선인의 존재방식을 냉혹하고 가차 없이 추궁하는 것으로 조국을 운운해야 한다. 우리들의 추악한 자태에

눈을 감아서는 안 된다. 그 추악한 자태를 직시하고 그 본
질이 무엇인가를 살펴보지 않으면 안 된다.

「명견名犬」

김화봉

총괄적인 비평을 모아보면 작자는 부상군인을 통해 어느
핵심적인 문제점에 주목하면서 작자는 '목에 매달린 박스가
자신의 주인인 인간임을 무심한 양다리에 호소하고 있다.'
에서 볼 수 있듯이, 개인적 감정의 혼동을 초래하고 있다.
이 경우는 오히려 자기의 인간적 자각을 말살하지 않으면
생존경쟁이 심한 현실에서는 살아갈 수 없다는 것이 실상이
다. 그러므로 그는 무심한 양다리에 인간으로서의 자각을
호소한 것이 아니라 반대로 말살하려 했던 것이다. 마지막
한 줄은 이 작품의 모든 무게를 짊어 진 듯하지만, 마지막
에 모든 무게를 실으려 한 것도 무리가 아닐까? 결국 작자
의 비평정신은 마지막 한 줄에서 보여 지는 바와 같이 예리
하면서도 왠지 유형적인 느낌이 드는 것은 역시 구성상의
실패이고, 완전히 소화되지 않는 말이 사용되었기 때문이라
생각한다.

「꿈속의 현실夢の中の現実」

김화봉

타이틀을 문제시하지 않으면 안 된다. 우리들이 '꿈속 - '
이라는 글자를 봤을 때 이미 어떠한 제약을 받기 때문이다.

또한 작품자체에서도 말하려 하는 것은 어디까지나 꿈이고 독자에게 꿈의 범위를 넘은 현실을 느끼게 할 수 없다. 설령 느끼게 했다 해도 반감된 현실감이다. 이 부주의한 제목은 작품전체에 치명상을 입히고 있다.

작자는 풍부한 어휘로 작품에 환상적 느낌을 주려했다. 이 점은 일단 성공한 것 같지만, 하나하나의 형용사, 조사를 예를 들어 보면 주의를 요하는 소화 불가능한 용어가 눈에 많이 띈다. 더욱 줄여 간결하게 해야 할 여지가 있다. 이것은 구성상 영향을 주는 문제로 이 작품이 조금 막연한 것은 어휘의 부조화에도 원인이 있는 듯하다. 마지막으로 작자의 문제제기 방법에 대해 말해둘 필요가 있다고 생각한다. 즉 이 작품이 가진 현대적 위치로 보아 밀접한 의미로는 낡은 형태의 작품이라 생각된다. 보편적 명제를 가지기 위해서는 예언적사상이 필요한 것일까? 오히려 현대의 현재 상황에 초점을 명확히 포착하는 것이 보편적 명제를 갖게 하지 아닐까.

「명견」, 「꿈속의 현실」에 대한 비평이 일방적인 논으로 끝나는 듯한 인상을 주고 있지만, 이것은 논의가 격렬해지면 자연히 그렇게 되는 것이다. 우리들은 작자에게 칭찬을 아끼고 있는 것이 아니다. 작자의 작품계열을 보면 매작품마다 크게 비약하고 있는 것을 볼 수 있다. 이것은 작자의 끊임없는 노력의 흔적이라 생각한다. 우리들은 다음호 작품에 기대하고 있다.

「후지산 정상富士山頂」

양정웅

시인뿐만 아니라 예술인들이 입을 모아 항상 운운하는 것은 유형의 파괴이다. 즉 특수적 명제에서 보편적 명제로 귀납될 수 있는 논리로 일관한 창작에 많은 기대를 하고 있다. 「후지산 정상」도 우선 이것을 재인식하여 완성된 실로 유형적인 작품이다. 작자는 잘못 생각한 듯하다. 「후지산 정상」은 얼룩 없는 아름다운 말로 풍경을 연달아 전개해 가고 있는 거기에는 나그네의 시름을 자아내는 듯한 나그네의 심정이 담겨있다. 그러나 이러한 일종의 여행풍경을 느낄 수는 있지만, 그 이상 상징하고 있는 내용을 파악 할 수는 없다. 작자가 의도한 내용을 독자가 전혀 읽을 수 없다는 점에 이 작품의 큰 결함이 있다.

「겨울의 교향시冬の交響詩」

양정웅

이 작품은 「후지산 정상」에 비하면 일단 정돈된 느낌이다. 두 번째 연의 안개 속에서의 대화도 상당히 인상적으로 성공적이다. 하지만 첫 번째 연의 묘사가 조금 긴 듯하다. 이러한 긴 서론은 가능한 피하고 간결하게 문제점으로 들어가야 한다. 작자는 아무래도 언어의 기교에 빠져있는 듯하다.

「증인証人」

정인

17호에서 눈에 띈 작품이라면 「증인」을 들 수 있다. 작자의 과거 작품계열을 거슬러 보면 하나의 명확한 선상을 따라 현재에 다다른 것을 알 수 있다. 그는 일관되게 독자적인 성격으로 발전시켜 왔다. 즉 농민시인에 대비되게 그는 도시 시인이라 할 수 있다. 작자의 신경은 도시의 어떠한 미묘한 움직임과 음향에도 민감하게 반응하고 메커니즘에 대한 날카로운 감수성은 귀중한 존재이다. 그렇기 때문에 그 작품은 우리들도 신경질적으로 만들어버리지만, 이 민감한 감수성도 외부로부터의 자극이 있어 비로소 발휘가 능한 성질의 것으로, 만약 외부적인 자극이 없으면 침체되고 작품을 쓸 수 없게 된다. 내부의 자주적인 움직임이 멈추고 자주적 움직임이 멈추면, 작자의 정신적 고통이 더욱더 커져 응고되어 막다른 곳에 다다른다. 이러한 상태는 이 작자에게 한정된 것은 아니지만 특히 심한 것이다.

　테크닉에 관해서는 흠잡을 여지가 별로 없는 작품이다. 하지만 작자는 설치법에는 더욱 숙고할 필요가 있지 않을까? 작자의 설치법은 그 계열에서도 알 수 있듯이 하나의 형식에 빠져있다. 이것은 모두 이 형식에 껴 맞춘다는 결과를 낳게 된다. 어차피 이 작품은 정인의 하나의 정점이라 할 수 있다.

「로봇의 수기ロボットの手記」

김시종

　우리들이 현재, 재일조선인의 존재와 그 실체가 무엇인지를 추구하고 비판하고 자기 내부혁명을 요구받을 때, 하나의 문제를 제기하여 우리들이 의식하면서 발언한 적 없던 실체의 일면을 폭로하고 있는 점에 이 작품의 가치가 있다 하겠다. 물론 여러 가지 결함이 없는 것은 아니다. 작품이

엉성하고 타이틀도 마음에 들지 않고 또 작자의 '유민의 기억'에 관련된 문제가 없는 것은 아니다. 하지만 그러한 문제는 어디까지나 부분적이고 작자가 채택한 새로운 문제를 중요시하고 그것을 토의하는 것이 먼저이다. 재일조선인 지식인 및 문화 활동에 참가하고 협력하고 있는 사람들(물론 우리도 포함해서)의 관념과 태도를 작자의 비판력과 풍자가 일치하여 더 효과적으로 표현되었다.

평상시 우리들의 의식은 콤플렉스 따위는 없지만 일단 책상을 향해 붓을 잡게 되면 잠재의식적 콤플렉스가 머리를 들고 순간 글을 쓸 수 없게 되거나 무언가 조국을 노래하지 않으면 안 된다는 의무 관념에 속박당하거나 한다. 이것은 왜일까? 여기에 우리들의 약점이 있고 우리들의 모습이 있는 듯하다. 하여간 작자가 앞으로도 이 문제에 붓을 늦추지 않기를 기대해 본다.

「나상裸像」

조삼룡趙三龍

지금까지 없었던 정신상황을 적나라하게 묘사한 것은 높이 평가할 만하다. 부부간 관습, 권태에 대한 반발과 회복되어야 하는 사랑을 테마로 인간문제를 포함하여 잘 표현하고 있는 작품이다. 중년만을 사로잡을 수 있는 문제이기도 하고 저항이기도 하지만, 작자는 자기를 너무 분석하여 가차 없이 비판하고 외부로부터의 어떠한 압박, 내부의 어떠한 권태, 고뇌도 참을 수 있는 힘을 가지고 있기에 오히려 부작용을 일으켜 일종의 안심감에 빠져있다. 여기에서 작자의 한계를 느낀다. 생활에 대한 시에 대한 그리고 연령적 한계이다. 이 한계의 틀을 벗어나지 못하면 더 이상 신선한 시는 바랄 수 없는 것 아닌가. '젊다'는 것은 연령적인 것이 아니라 생각한다. 나이가 아무리 어려도 음울하고 꿈을 잃은 듯한 사람은 정신적으로 노인이다. 작자가 늘 청춘으로 있기를 희망한다. 이것은 필자 개인적인 의견이지만 진달래 간부들이 늙은이 같은 경향이 있다는 것은 그다지 칭찬할 일이 아니다. 좀 더 대범하게 모험을 시도해 봐도 결코 마이너스가 되지 않을 것이라 생각한다.

「참다랑어의 비탄マグロの悲歎」

김지봉

타이틀이 너무 평범하다. 바다와 원폭의 결합이 도식적이다. 이것은 말할 것도 없이 상상력이 작자자신의 문제체험이 아니기 때문이다. 구상적인 것이 결여되어 있기 때문이다. 원폭문제를 자신의 문제로 파악하지 못하고 관념적으로 생각했기 때문이다. 과연 작자는 원폭문제를 절실하게 실감하고 있는지 어떤지, 쓰지 않으면 안 되는 내부적인 필연성이 있었는지. 이렇게 되면 이제 시 이전의 문제이다. 작자는 관망만 하고 있던 것은 아닌지.

이상으로 상당히 장황하게 썼지만, 아직 쓰지 않은 작품도 있어 그 작품의 작자에게는 사과말씀 드리겠다. 이것은 내가 결석하여 메모를 하지 못했기 때문이다.

예전 합평노트에도 썼지만, 한편의 작품을 평가하는 것은 확실히 어렵지만, 엘리엇(エリオット)이 말하듯 '시는 이해되기 전에 전달할 수 있다.' 그러므로 그런 의미에서는 이 합

평노트는 독자에게 참고했으면 하는 것으로 독자는 그 전에 이미 느끼고 있을 것으로 생각한다. (양석일)

[서클지평]

『수목과 과실樹木と果実』   4월호

○ 현재 난해한 시에 대해 많은 논의가 있다. 그리고 이 논의가 쳇바퀴 돌 듯 하고 있는 지금에 와서 수목과 과실이 난해한 시라고 왈가왈부하는 것은 난처하다 생각한다. 게다가 그 내용이 진부하고 9명 각자의 감상문같은 단문을 모아, 9명 모두 비슷한 내용이어서 소규모 논의로 전락했다. 이래서는 당면하고 있는 난해한 시의 실체가 어떠한 것인지 그것에 대해 우리들은 어떻게 해야 하는지 분명치 않다. 이렇게 하는 것보다 색다른 독자의 관점을 가진 두 명의 필자에게 이 정도의 여백을 주고 쓰게 하는 편이 더욱 이론적인 뒷받침이 가능한 체계적인 논의가 이루어져 흥미로웠을지 모른다.

○ 『수목과 과실』 4월호가 난해성 특집이 되고 시 작품 수 및 대우를 소홀히 한 것에 대해서는 생각해 봐야 한다. 시 잡지는 어디까지나 시가 주체이고 그런 의미로 어떠한 경우라도 시 작품이 잡지 속에 넘치지 않으면 안 된다. 시론, 에세이는 어디까지나 시 작품의 부수적인 것이고 이차적인 것이다. 논지에서 시의 존재방식이 아무리 논의되어도 그것이 시 작품 상으로 해결되지 않으면 무의미하다. 『수목과 과실』을 읽을 때마다 느끼는 것이지

만 이 잡지의 성격을 정확히 모르겠다는 것이다. 서클시
잡지이지만 서클시 잡지 같지 않은 느낌이 든다. 이것은
왜일까?(양석일)

『시인우체통詩人ポスト』 18호

「직업職業」　　　　　　　　오카와 가즈오大川和男

주관을 능숙하게 곁들인 묘사는 작품전체에 독창적인 분위
기를 자아내고 있다.

「소화군도昭和群盜」　　　　　세이료 노부야스淸涼信泰

주제에 대해서는 날카롭게 다가갔지만 다분히 설명적이고
장황하다.

이 두 작품 이외에는 대부분 재미없는 작품이다. 직장이라
는 틀 속에 위축되어 버렸다.

　시집「직장과 시의 깊은 추구를 위하여職場と詩の深い追求の
ために」는 편집부의 의욕은 짐작할 수 있지만, 모리毛利씨의
"이 에세이의 테마에 의문을 느꼈다. 직장시라는 것에 대
해서는 논할 여지가 없다."는 발언에 동감한다. 직장을 시
로 하지 않으면 안 된다는 의무 관념에 빠져있는 한, 체험
을 동반하지 않는 관념적인 시에서 빠져나오는 것은 불가능
하다. 직장은 현대의 전형이고 노동자에게도 가장 시로 해
야만 하는 소재임과 동시에 더욱 관념적인 시가 태어나는
온상지이기도 하다.

　더 자유롭게 비상할 수 있어야 한다. 자유분방하고 냉철
한 비평정신이 내적필연성에 사로잡혀 직장을 응시할 때,

틀림없이 그 때 뛰어난 직장시가 만들어 질 것이다.
(김화봉金華奉)

『강ながれ』 26호

이 잡지를 읽는 것은 즐겁다. 지역서클의 성격이 그대로
드러나 있는 잡지로 지면을 통해 필자들의 여러 자세를 볼
수 있는 지역서클에서는 필자가 보기 드물게 많다. 그것은
이 잡지의 지면을 손상시키지 않는 것이다.

「바람에風に」   우메다 요코梅田陽子

표현이 확실하여 이 사람에게서는 시를 쓰는 사람에게 있어
가장 중요한 독자적인 정경情景을 느낄 수 있다.

「어두운 베일 안에서暗いベールの中で」

시바타 다케오柴田武雄

구성이 확실했다면 더 좋은 작품이 되었을 거라 생각한다.

「밤의 고베스케치夜の神戸スケッチ」   안호장安好匠

이러한 세련된 야유는 풍자가 고조되어야 한다.

「양녀養女」   이시다 구니오石田クニオ

간결한 심리묘사는 성공했다. 이번호에는 작품이 많은데 반
해 시 작품이라기보다는 오히려 산문에 가까운 것이 많았
다. '이해하는 시, 이해할 수 없는 시'라는 시집도 새로운
제안을 느끼지 못했고, 오히려 합평노트를 넣었으면 한다.
서클시의 경우 이 합평노트의 정리가 서클회원의 시 창작에
실제적으로 도움이 되지 않을까.

「밤의 상황夜の状況」 　　　　　　　　　정인
의뢰원고이긴 하지만 톱 작품으로 힘 있는 작품이었다. (H)

『동지仲間』 20호

공학부 학생이 전문분야가 아닌 문예잡지를 20호까지 지속한 사실은 하나의 경이로운 일이다. 다채로운 편집으로 즐거운 분위기는 잘 알 수 있었고 그것은 그 나름대로 귀중한 것이지만, 솔직히 말해 내용은 그저 그렇다. 동지들 사이의 잡지라는 느낌이다. 시작품을 예를 들어 봐도 자연발생적, 설명적으로 이미지의 조형이라는 현대시에서 가장 중요한 요소가 등한시 되어있는 듯하다. 그런 의미로 이시자키 코지石崎光司씨의 「토우埴輪」 기누타 도쇼羅田東鐘씨의 「열리지 않는 문あかぬ戸」 등에는 이미지를 조형하려 하는 것이 있어 좋다. 하시모토 마나부橋本学씨의 「해협海峽」에는 다른 의미로 호감을 느꼈다. 작자의 에너지일 것이다.
잡지 『동지』에서는 전체적으로 말해 느슨함을 느낄 수 없다. 전문분야를 가진 사람들이 취미로 하고 있다는 여유가 느껴진다. 그래서 논쟁이 나오면 『동지』의 내용도 크게 분위기가 바뀔 것이라고 생각한다.(정인)

『진달래』 제3회 공개합평회

알림(제 18회에서)

모두가 시를 알고 모두가 시를 읽었으면 해서 우리들의 5년 된 연구회를 공개합니다.

부디 쓴 소리하러 꼭 와주시기 바랍니다.

합평작품

「밤의 고동」 김지봉

「보고자」 김원서

「거리」 정인

「보고자」 김화봉

에세이 「맹인과 뱀의 언쟁」

일시 1957년 7월 20일(토) 오후 6시 반

장소 오사카 조선인회관 전화〉8540

(조토선城東線 쓰루하시역鶴橋駅 하차 히가시 잇쵸메東一丁目 파출소모퉁이에서 북쪽방향으로 한 블록 바로 오른쪽)

기증감사

『시인우체통』	17호
『별꽃はこべ 』	4호
『종달새ジョンダルセ』	4호
『숨결いぶき』	15,17호
『국제전전문화国際電々文化』	창간호
『강』	26,27호
『굴뚝えんとつ』	12호
『낮과 밤』	16호
『나상裸像』	6호
『화산火山』	3호
『동지』	20,21호
『수목과 과실』	4월호

후원 감사합니다.

박남균朴南均님	3천 엔
강윤진康允珍님	2천 엔

편집후기

▷ 큰비가 내렸다. '오사카는 항상 괜찮겠지'라는 생각은 보기 좋게 배신당해 이쿠노구生野区의 절반이 없어질 정도의 침수소동이었다. 스트론튬 90[12]이라든지 세슘 137[13]이라든지 비를 맞는 것도 싫어하던 사람까지도 태연하게 흙탕물 속을 헤엄치고 있다. 이런 상황이 시에도 있다. 생각지도 못한 비유를 하늘은 생각한다.

▷ 아침에 일어나 직장에 간다. 게다가 일하러 가는 길은 늘 똑같고, 똑같은 인간을 만나고 똑같은 풍경에 맞닥뜨린다. 마치 시를 쓰는 인간을 비웃는 듯한 상황이다. 기삿거리가 없다면 소동부리는 것도 무리는 아니다. 그러나 우리들은 너무도 특이한 것을 쫓고 있는 것은 아닌지 손끝을 아무리 돌려보아도 본질적인 것은 변하지 않는 것이다. 적어도 흙탕 물속을 헤엄치는 어리석음은 하고 싶지 않은 것이다.

▷ 이번 18호는 버라이어티하게 짜여 졌다고 생각한다. 거듭 늦게 발간되게 되었지만, 활판 제2호를 위해 여러 정리가 필요했었음을 양해해 주셨으면 한다. 그 후로는 일이 순조롭게 진행되고 있으니 다음부터는 기대에 부응하고 싶다.

▷ 서클시평은 틀에 박힌 의견을 반복해서 말하는 것이 아

---

12) 적색 신호탄의 성분이며, 방사성 낙진 중 인체에 해로운 주요물질이다.
13) 핵분열 때 발생하는 주요 방사성 동위원소로 반감기는 30년이다.

니라, 지금까지 보내주신 것에 대한 감사하는 마음의 표시이다. 이번 호 에세이에는 새로운 문제제기가 있다 생각하지만, 거리낌 없이 의견을 보내 주시면 좋겠다.

(홍윤표)

알림

1957년 4월 제4회 정기총회에서 이번 기간 임원이 다음과 같이 선출되었습니다.

대표책임자　홍윤표
편집책임자　양정웅
편　집　부　김인삼, 김화봉, 정인
재　　　정　조삼룡

一九五七年四月の第四回定期總會で今期の役員が左のように改選されました。

お知らせ

代表責任者　　洪允杓
編輯責任者　　梁正雄
編集部　　　　金仁三、金羅奉、鄭仁
財政　　　　　趙三竜

『진달래』　제18호

발 행 일　1957년 7월5일
정 　 가　40엔
편 집 부　양정웅, 김인삼, 김화봉, 정인
발행대표　홍윤표
발 행 소　오사카시 이쿠노쿠 이카이노나카猪飼野中 5-28
　　　　　오사카 조선시인집단

発　行　日　一九五七年七月五日
定　　　価　四拾円
編　集　部　梁正雄、金仁三、金華峯、鄭仁
発行代表　洪尤杓
発　行　所　大阪市生野区猪飼野中五ノ二八
　　　　　　大阪朝鮮詩人集団

チンダレ　十八号

第9号

1957 19号

大阪朝鮮詩人集団

제 19 호

(1957년)

목 차

작품

에세이 /

시집평 /

합평 노트

편집후기

チンダレ 十九号目次

벙어리 소년

김화봉

쨍하고 울릴 듯, 쾌청하게 갠
별 하늘의
얼음
감촉.
그, 무성음
초침이 잠든
기묘한 코골이 소리
……

벙어리 소년이, 연못에
남보라 빛 수선화를 피울 무렵
만상은
멀리 개 짖는 소리에 깨어
날카롭게, 유채 잎을 스쳐 지나간다
투계의 일성에
인간은 전투 갑옷을 입는다
아침은
싸움의 인자因子를 가지고 찾아왔다.
……

태양이, 새빨갛게 충혈된
잠이 부족한 얼굴을, 쳐들자

부락은 소음의 소용돌이

과수원 복숭아 꽃 향기에
어미 돼지의 배고픈 신음소리
군 주둔지 쓰레기장을 뒤지는
당닭과, 들개 무리
문틀에서
젖 먹이는 젊은 아내의, 부산스럽게
작업화를 뒤적거리는, 거친 발

배우는 자, 양식을 구하는 자
악동들
두 무리로 갈린 느릅나무 아래.
……
군용 트럭 한대
수북이 실린, 선진 문명인의
화려한 생활 찌꺼기
막 오른 활극 무대
부락민의, 오늘의 양식
……
이탈리아 한촌寒村에 어울리는
잿빛 소녀

노파.
귤 상자 속 갓난아이의 겁 없고 커다란 눈망울
미군 병사 군복으로
갖춰 입은 소년들
이 사람들
트럭을 에워싸니, 먹이를 눈앞에 둔 늑대
......
고양이 시체에 꼬인 쉬파리.
밀고, 차고, 할퀴고, 이처럼
평범함을 초월한 귀신같은 내던짐
격동하는 육체.
여자의
위대한 둔부는 더할 나위 없는 무기
성난 소리
기괴한 소리
욕하는 소리
뒤얽혀 싸우는 가운데
벙어리 소년은 활극의 주인공
망간을 한 손에 들고 사자처럼 차 위에 등장한다.
......
불쾌한 태양 직사광에
소년들은 느릅나무 그늘로

전리품인 점심식사
칠면조 기름으로 범벅이 된 입가에는
냉정한 소년의, 대담한 미소
 ......
지치부秩父 산봉오리에, 석양이 이지러진다.
어제에 이은 오늘, 타성의 끝
복숭아 밭 땅거미와 소주 냄새
쓰레기장에는 돌아가지 않은
그림자 같은 노파가 한 명
......
둔중한, 새우의
콘트라베이스 합주
벙어리 소년, 헛간에
한 덩어리 바위
떠오르는, 월령月令
13일의, 유리 같은
달 빛

장미와 초현실

양정웅

우선 캔버스에서
동력과 전파가 만드는 음을 지운다
모든 소리와 물체를
그리고, 이유 없이 웃거나
떠들면서, 종일
지루해하는 여자와 남자를
공간의 색으로 되돌려버린다
어느 거리의 건물이 모습을 감추고
곳곳에 가늘고 긴 수목이 서 있다
나는 그 수목 잎에
바람의 색을 입힌다
여러 마리의 이름 모를 작은 새
시간은 저무는 일 없는 태양의 빛
하늘은 울려 퍼지는 이미지의 색
그 속에 나의 육체를 기댄다
끌어안은 한 송이 장미 향기
나는 조용히 잠이 든다

벽촌

양정웅

아무도 모르는 하천
한 여름의 태양이
낚시하는 소년에게 그늘을 드리운다
찌를 응시하는 소년의 눈은 푸르고
다이몬의[1] 번뜩임도 없는 30세기 숲
헬레네조차 소년의 마음을
붙잡을 수 없다
소년은 이미 동상이었다

---

1) 다이몬(고대 그리스어: $\delta \alpha \iota \mu \omega \nu$)은 고대 그리스의 신화·종교·철
  학에 등장하는 인간과 신들 중간에 위치하거나, 죽은 영웅의 영혼 등
  을 가리킨다. 한국어 번역의 예로는 귀신, 악령, 정령 등이 있다.

이단자

박실

낡은 오픈 케이스에
꿈을 채워
나는 떠났다.
녹 쓴 지퍼는
감옥 문의 자물쇠.

그곳은 남겨진 묘지.
아버지도 할아버지도
그 안에서 꿈을 포기했다.
묘비는
평면운동의 쉼표.

에트랑제(이방인)의 묘를,
왕래하는 사람은
더 이상 마음을 적시지 않는다.
꽃도 없고
뿌릴 물도 없다.

초췌한 어느 날
내가 다다른 곳은

과수원.
하늘과 땅에 걸쳐진
무지개의 영역.

나는 망치를 들어 올려
지퍼를 일격 한다.
무너지는 묘지.
튕겨 나온
나의 꿈

나는 꿈을
과수원 한구석에 심는다.
수많은 과일과 나무가 늘어선 가운데.
지금부터
나의 입체 운동이 시작되는 것이다.

속임수 장난감

홍윤표

드럼통을 가득 실은 차가
자욱한 흙먼지를 흩날리며
스쳐 지나갔다

흙먼지에 휩싸였지만
아이들은
아무도 떠나려 하지 않는다

팽팽하게 감긴 미군병사가
규칙적으로
두 다리를 뻗어
왔다 갔다 하는 것이다

손 안에 얼굴이
돌연 앞길을 막자
장난감 광장은
갑자기 소리를 잃고
제멋대로 거칠어져
남부로 나온다

관통하는 듯한 열기에
휩싸여
한 아이가 일어서자
일제히 바다 쪽으로 달려 나간다
송유관 위에
작은 몸을 벗고

그 날 밤
한 자루 곡괭이를 씹어 으깨며
나의 아내는
검은 자장가를 불렀다

개를 먹다

김시종

비 내리는 날
개를 먹었다.
거칠게 벗겨진 눈알 그대로
가죽을 벗긴 목을
잘라 내고
울상인 아내를 다그쳐
위세 좋게 지껄이며
넷으로 자른
동체를 구웠다.
조선인을 상대하는 푸줏간이
니시나리西成 변두리에서 특별히 가져 온
영양 덩어리.
아내가 도망쳤다

친구들을 모으고
환갑이 넘어
더욱 건강해진
그의 아버지를 불러 으드득으드득 먹었다.

　　개는 개의 **뼈**를 먹지 않는다고 들었는데

정말입니까?

그래. 영리한 놈이니까. 물어 가서는 묻어

주곤 하지.

한바탕 부는 바람.

핥고 있던 것을 지붕에 버렸다.

세차게 내리는 비속에서

뼈는 빗물에 맞아 씻기고

물받이에서 튄 물이

아래로

뚝뚝 안쪽 하수구에 떨어지는 것이 보였다.

태풍 접근이 보도된 날.

개가 먹지 않는 개를

우리들이 먹었다.

비와 무덤과 가을과 어머니와
-아버지여, 이 정적은 당신의 것이다-

김시종

땅 살 돈이 없어
공동묘지에
묻었다.
아내여.
무덤이 젖는다.
무덤이.
아버지의.

집은 늘어서 있어도
움푹움푹하고.
어머니는
그 안에 누운
살아 있는
미라.
오오 이 남조선은
이처럼
눈에 보이는 것이 온통
연고자 없는 무덤이다.

어머니여.
산이 뿌옇다.
바다가 뿌옇다.
저 아득한
너머가
들판입니다.

석녀

정인

그녀는 의식하고 있다.
몇 십, 몇 백, 몇 천, 몇 만 그리고 일본의 모든 거리의
눈을.
멸시와
예리한 적의敵意.
기대와.
한낱 호기심과.
때로는 슬픔에 가득 찬
눈길.
그것들을 모두 받아들여
무거운 세월을 잉태한
하복부는
부재한 남편을
갈망한다.
태양처럼 부드러운 그녀.

이미 습성에 불과한
애무에 몸을 맡기고
오늘도 살의를 품은 듯.
조용히 숨을 들이킨다.

진부한 사랑의 말에
그래도 아이를 잉태하고 만다.
나이프처럼
고독한 의식.
소년처럼
상처입지는 않는다.
청년처럼
의심하지도 않는다.
그는 창조자다.
한결같이
불사신의 농부 같은 손으로
암흑의 캔버스에.
신과 같은
만삭의 그녀를 꿈꾼다.
무지개처럼
펼친다.

어느 날
나는 황폐한 아틀리에에서
그의 로맨스를
들었다.
하복부를 쓰다듬자

생명의 기운이 느껴진다고 한다.
족발을 베어 먹으며
번뜩번뜩 흥분해 간다. 그.
유방과 피부의 부드러움에 대해.
미에 대해.
능력.
빈곤의 역사.
그리고 미래에 대해서.
모두 알고 있다.
밤의 은밀한 부분까지 열기에 취해 들려주는 것이다.
여자를 빼앗아 버리겠다.
부정한 상상에 득의한 미소를 지으며
나는 생각한다.
표정 뒤에 숨겨진
눈동자를.

미행기

남민수

무슨 약속이라도 있는지
　출구에서, 남자가 사람을 기다리는 얼굴로 서 있었다.
역에서 개미처럼 인간들이 밀려나오자
남자는 갑자기 매의 눈을 하고
한 신사 뒤를 미행하기 시작해
오전 8시 혼잡한 사람들 속으로 섞여 들어갔다.
　'그'
를 눈치 챈 사람은 아무도 없음에 틀림없다,
발 빠르게 걷는,
그 남자의 눈이
렌즈처럼 긴장되고
신사의 뒷모습이 클로즈 업 되어 다가온다.
렌즈의 초점을 느긋하게 걷고 있는 신사에게 맞추고
왼쪽에서 추월하려 했을
때
남자의 오른손이
신사의 상의 포켓으로 가볍게 들어가고,
남자가 얼굴에 비굴한 미소를 지으며
포켓 안에서 다섯 손가락을 펴
자, 심장에 빛나는 금속을 직감했다

감지한 순간
아차 하
고 생각한 것과 -거의 동시에
찰칵
빛나는 철이
차갑게 손목을 채워 왔다.

어중간한 갭

김원서

인간이 말을 만들었을 때
말과 함께 '거짓말'도 만들어졌다.

세 개의 접시 위에
고등어 한 토막의,
크기가,
맛이,
중량까지가,
작은 머릿속에서
순식간에 계산되고,
세 개의 입에서
분노의 소리와, 울음소리와, 승리의 노래가 시작된다.

뼈까지 핥은 후에도,
위장의 요구에 따라,
작은 혀는
더러운 접시조차 그대로 두지 않는다.

마누라는,
비오는 날 히스테리를 부리고,

굶주림이 나를 뒤 쫓는다.

바닥에 조금 남긴
소주 컵을 앞에 두고,
천국과 속세의 경계선을 방황하며 걷는
두 개의 한숨을 곁눈질하며,
한 손에 생맥주잔을 든
'시인'의 머리 속에서 '시'가 만들어진다.

일용노동자……
빈곤……
엥겔계수……
ETC……
그리고 마지막으로 사회주의
만국 노동자여 단결하라!

아무래도 이 맥주는 너무 쓴 것 같다.

니힐

성자경

발이 쑥 빠지고 킥이 용수철 같은 힘으로 찰카닥 튕겨 왔
을 때 통에서 생맥주가 토해지는 것처럼 머프라가 연기를
뿜어내기 시작했다. 고무 베개 같은 피부의 마담이 팔을 휘
감으려는 순간 오토바이가 스타트했다.

영어 투로 잠시 후 마담이 뒤에서 '위험해!'라고 외치는
소리가 들렸다. 신경이 곤두섰을 마담의 얼굴을 상상하자
오토바이는 더욱 스피드를 올렸다.

유리에 녹은 알코올처럼 국도는 한낮의 광폭성을 오전 세
시에 녹이고 있는 듯하다.

핸들을 잡은 양손이 심하게 떨리기 시작한 것은 스피드를
너무 냈기 때문이 아니라 철 기둥이 맹렬한 속도로 이쪽으
로 날아들었기 때문이다. 전선이 멀리 개 짖는 소리와 같은
전율을 연주한다. …빠찡코 구슬이 분수처럼 솟아져 나와
그것들이 각각의 구멍에 들어가자 하나의 구슬이 20이 되고
왼손에 든 상자에 가득 찬다, 그것이 커다란 생맥주잔으로
빠르게 바뀌어 눈앞에 나타난다. 조개껍질의 고요함을 지닌
생맥주잔에서 콸콸 거품이 솟으면서 알코올이 흘러 나왔다.

아아, 아아하고 소리를 내면서 보고 있자 그것은 커다란
강줄기처럼 모든 것을 흘러가게 한다.

밀 납처럼 몸이 굳어지려 해 서둘러 헤엄치려 하자 아내
의 얼굴이 떠올랐다.

비너스 같다.

미소 짓지 않는다.

수정 안쪽 구석 빛이 미치지 않는 곳을 음미하는 듯한 시선이다.

아이가 아내 뒤에서 얼굴을 내밀었다. 큰 딸이다, 볼을 떨면서 웃고 있는지 둘의 얼굴이 갑자기 창백해지면서 거품 속으로 사라져 버렸다.

저쪽에서 늙은 여자가 달려온다, 어머니다.

눈앞까지 다가오자 검붉은 커다란 얼굴이 입술을 떨면서 거품 속으로 사라져 버렸다.

어머니가 사라진 후 거품이 갈라지면서 병든 동생이 얼굴을 내밀었다. '엄마를 얼마나 고생시켜야 만족할거야. 형의 태도는 퇴폐적이다. 우리들에게는 조국이 있다. 조국은 지금 형과 나처럼 반목하고 있다. 나는 할거야, 나는 할거야……' 라고 절규하고는 거품 속으로 사라져 버렸다.

방약무인……, 아버지의 목소리다!……, 방약무인……행동을 감시하는 빈대의 목소리다, 나의, 나의 행동을 감시하고 자빠졌다…… '방약무인이다!, 너의 행동은, 네 옆에 어머니도 아내도 아이도 없다!' ……방약무인……방약무인……

뭘 지껄이는 거야. 뭘 지껄이는 거야, 희생 따위 할까 나는 싫다!

오토바이가 언덕을 내려간다.

나락으로 떨어지는 등골은 서늘하지만 기분 좋은 스피드다.

……가슴에 흐르는 이 미지근한 것은 무엇인가. 아아 알코올이다, 하하하……. 그렇다고 해도 나는 지금 아스팔트 위에 있는 듯하다,……차는 어떻게 되었을까? 방금 아버지 같은 눈을 한 노란색 헤드라이트 같은 것 두 개가 나를 쳐

버린 것 같았는데. 그렇다고 해도 가슴에 끈적거리는 것은
무엇인가? 아, 알코올이다, 하하하⋯⋯. 아, '졸,립,다' ⋯⋯

사랑에 대해

김탁촌

1

사랑에 대해 이야기하자
강한 의지로 버텨 온
청춘의 기쁨에 대해서
모진 눈보라에도 사라지지 않을 기념비에 글자를 새기자
그대, 연인이여
침묵해서는 안 된다
행복을 쟁취한 자의
투쟁의 노래를 그대로 아름답게 노래하라

차갑고 심술궂은 바람이라는 놈이
둘 사이를 찢어 놓지 않도록
어두운 밤이라는 놈이
둘의 맹세를 끊지 않도록

따뜻한 그대의 볼에 입맞춤하고
그대 가슴의 고동을 가슴으로 듣고
그대 눈동자 안에 내가 있고
그대 마음속에서 나는 사랑 노래를 부른다
그대의 헝크러진 검은 머리

나의 이마에 살짝 나부끼고
그대의 편안한 가슴 속에서
나는 더할 나위 없는 행복에 취한다

그리고 나는 생각한다
그대를 사랑할 보다 넓은 마음을 갖고 싶다고
그대를 가슴에 품을 보다 강한 힘을 갖고 싶다고
그리고 더 멋진 일이 가능하다고

2
보아라 저렇게 많은 작은 눈동자들이 빛나고 있다
저쪽으로 가자
어제처럼 오늘도
그대와 나의 작은 동무들이 기다리고 있다

그것은 아주 오래전부터 시작해 지금도 역시 계속되고 있다
굶주림과 추위, 멸시를 향한 쉼 없는 싸움
외풍이 들이치는 생활이지만
그래도 겁쟁이는 한사람도 기르지 않았다

마르고 시든 어머니의 유방을 붙잡고
따뜻한 물은 나오지 않는가

배불리 마시게 해주지 않는가
자신의 눈물도 마시며 자라난 작은 동무들
어두컴컴한 온돌 구석에서
둥근 눈알을 말똥말똥 뜨고 눈물을 주르륵 주르륵
쉴 틈도 없이 돈을 벌어야 하는 어머니를 부르고
소리치다 지쳐 잠든 작은 동무

연인이여, 그대도 기억하고 있겠지
둘의 사랑이 그 눈동자 속에서 싹튼 것을
그대가 작은 동료들을 위해 맹세하고
내가 단단히 그대의 손을 잡고 끄덕이던 날을

힘찬 노래 소리 안에서
새로운 울림을 지닌 소리 높은 웃음 안에서
약속된 내일 속의 작은 동무들과 함께
둘의 맹세는 꽃피고 묵직하게 무거운 열매를 맺기 시작하고
있다

3
상처 입은 사랑하는 어머니여, 먼 대지여
당신이 준 아낌없는 은혜의
생명의 샘의 물을 나누어 마시며 자란 자의

사랑의 기쁨과 맹세를 바람에 실어 전하자

4
이윽고 다시 오늘도 이국의 해는 지고
둘만의 시간이 찾아온다

몸을 두기에 너무나도 작은 직장이지만
차분한 한 때이다, 자 불을 켜자

연인이여, 그대의 손을 잡게 해 줘
이야기를 나누자, 무엇을?
오늘 하루도 격한 노동과 싸웠는데
왜 이렇게 즐거운 웃음이 솟아나는 것일까

둘이 내일을 이야기할 때
고통도 기쁨으로 바뀐다
  '누더기를 입은 둘의 행진'을 노래하고 싶어진다
아아, 너무도 멋진 시간이다
희망이 이렇게나 격렬하게 높아진다
연인이여, 이것이 둘의 사랑인 것이다
        이것이 둘의 사랑인 것이다
아아, 그대와 나의 사랑과 사랑
아아, 얼마나 멋진가, 멋진가

호우

-잠 못 이루는 밤을 위해-

김지봉

이렇게 급작스러운 258미리[2]의 강수량이
어떤 것의 영향도 받지 않은
그저 단순한 자연현상에 의한 기상이변이란 말인가?
스트론튬[3] 90
세슘 137등이
잠 못 드는 의식 속에
털썩 책상다리를 하고 앉아 있었다.

몇 줄기나
몇 줄기나
집요할 만큼 서로 뒤얽힌 비는,
더 이상, 로맨틱하다고 말할 만한
요소가 조금도 없다.
도대체 누구의 소망을 들어주기 위한 것일까
모내는 처녀의-
아무래도 그것은 아닌 것 같다.

---

2) 1883년 오사카 강구筈区 기상대 개설 이후의 기록, 원문 주
3) 원자번호 38번의 원소로, 원소기호는 Sr. 화학적 활성이 크고, 상온에
   서 물을 분해하여 수소를 발생시킨다.

무신경할 만큼 노출된 부드러운 살갗.
정화되지 않은 채 마음껏 흡수한
벼 모종
오이
토마토
가지-.
이들 못생기게 자란 먹거리는
사정없이
나의 위장을 통과한다.

마치 방사선물질의 저장 탱크라도 되는 것처럼.
가령, 그것이 어떤 결과를 가져 오더라도
잔인하게도
몇 십 년이나 저장해야만 하는
이처럼
기형아의 장례식을 해야 하는 처지에 빠진다.

한신전철 요도가와淀川역 부근

권경택

여기는 급행이 멈추지 않는 역이다.
주변에는 작은 공장이 밀집해 가고
철의 울림이 들려온다
그 소리까지도 너무 가난하게 느껴진다.
지상에는 먼지투성이 판자촌이다.
난잡하게 줄지어 있는 루핑4) 지붕 아래
동포가 살고 있다.
토요일의 평온함과 일요일의 기쁨을 모른 채
악취 속에서 돼지를 사육하고 있다.
라무네5)를 마시려 해도
근처에는 점포 하나 없다.

제방에 오르면 바다로부터의 바람이다.
요도가와淀川의 메마른 소리가 울리고 있다
하늘은 시원하고 밝게 개어 있는데
차가운 바람이다
이 추위는 어디에서 오는 것일까

---

4) 아스팔트 가공을 한 방수포
5) 레몬에이드

홋코北港 해안의 해변에는
오사카가스大阪瓦斯 니시지마西島 공장의 해탄 화로에서 올라
오는 열기다.
동양 제일을 자랑하는 가스탱크의 압도감은 대단하다
저 주변에서
차가운 바람이 불어오기 시작하는 것이다.

요도가와 강에
오리 무리가 떠 있다.
물결치기 시작했다.

[에세이]

정형화된 의식과 시에 대하여

조삼룡

진달래 18호에 발표된 김시종의 에세이 「맹인과 뱀의 언쟁盲と蛇の押問答」을 둘러싼 토론을 듣고, 저는 이제까지 마음 속 깊은 곳에서 결론 나지 않았던 하나의 문제에 대해 간신히 출구를 찾은 느낌이었습니다. 그럼에도 18호에서 토론한 (의식의 정형화)라는 문제는 겨우 메스를 대기 시작했을 뿐이라고 생각합니다. 왜냐하면 그 정도의 논의는, 우리들 젊은 세대가 불확실한 형태이기는 하지만 늘 마음속으로 생각하고 있었던 것을, 그저 이론이라는 형식을 갖추어 제시한 것에 지나지 않다고 생각하기 때문입니다. 그렇다고 김시종씨의 에세이가 발표된 후 2회에 걸쳐 토론되었다는 사실이 의미하는 바가 작다는 뜻은 아닙니다. 오히려 과거 10여년 아니 반세기에 걸쳐 우리들 재일조선인의 내부에 형성되었고, 어떤 면에서는 거의 금기시된 의식에 대한 비판은 해 버리고 나면 매우 손쉽겠지만, 시작하기가 이만저만한 일이 아니었다고 생각합니다. 그 문제가 많은 사람들의 내부에서 아직 애매한 형태이긴 하지만 생각되어온 문제라면 더욱 그렇습니다. 그리고 이러한 문제가 표출되었을 때는 누구나가 일단 관심을 가지고 토론에 참가하지만, 그 상황이 종료되면 다시 어딘가의 구석에 제쳐 놓는 것은 아닌가 사료됩니다. 문제가 표출된 순간에 논의가 들끓을 만큼 일반적인 문제임에도 불구하고 지금까지 누구도 공공연히

발언하지 않았다는 사실이 이러한 의심을 방증합니다. 저는
완전한 아마추어 시인으로 현대시를 읽어도 무엇이 쓰여 있
는지 모르는 경우가 태반입니다만, 그럼에도 시를 읽거나
쓰는 일을 그만두기 어렵습니다. 그래서 오늘은 이러한 저
의 개인적인 문제를 포함하여 '정형화된 의식'에 대한 문
제를 조금 구체적으로 언급함으로써 저 자신의 어두운 정신
질서의 측면을 해명하는 데 도움이 되었으면 하고 생각했습
니다.
　…… 아주 당연한 생각입니다. 당신이 말씀하신 것처럼
인간이라는 존재는 새로운 것에 흥미를 보이며 깊이 파고들
기 위한 노력을 아끼지 않습니다만, 일반적으로 그리고 누
구의 내부에서나 어느 정도까지는 형태를 갖추어 존재하는
문제-즉 새롭지 않은 문제-게다가 이 문제가 마음의 치부
에까지 파고들어 헤집음으로써 많든 적든 어떤 아픔을 느끼
게 할 경우에는 누군가가 언급하지 않는 한, 되도록 스스로
의 내부에서 가만히 정리해 버리고 싶어 하는 법입니다. 그
렇게 때문에 문제의 근원과 환부를 완전하게 규명하여 적출
하지 못하는 것이고, 스스로가 정리했다고 판단한 것이 언
제까지고 남아 있다가, 중요한 시기에 대두되어 생각의 급
소를 누름으로써 판단을 그르치게 하는 것입니다. 그렇다고
당신과 내가 여기에서 논의하는 것을 통해 이 문제의 모든
것을 해명하고, 그 근원과 환부를 규명하여 적출할 수 있는
가 하면 그렇지도 않습니다. 잘해야 그 소재를 지금까지보
다 조금 더 구체적으로 인식할 수 있는 정도일 것입니다.
왜냐하면 문제의 근원과 환부를 규명하여 적출하는 작업은
기술적인 것임과 동시에 체력적인 것이며, 나아가 개인적인
특수성을 지니는 것이기 때문입니다. 예를 들면 처음 병을

의식하는 것은 환자이고, 진찰하여 병을 밝혀내고 그 상태를 판단하는 것은 의사의 특수한 경험입니다. 그러나 병이 수술을 필요로 하는 경우에는 의사의 기술이 필요하고, 또한 환자의 능동적인 의지와 체력이 필요하다는 것입니다. 이처럼 문제는 당신과 저, 또한 다른 많은 사람들이 논의한다고 해도, 그리고 모두가 같은 결론에 이른다 하여도 그것으로 해결되는 것은 아닙니다. 그러나 논의하는 행위는 가령 그것이 자명한 사안이라도, 그 문제를 해결하는 최초의 단계에서 반드시 필요한 과정입니다 그 이후의 구체적인 것은 당신과 의사의 기술과 체력 그리고 당신의 개인적인 특수성의 문제이며, 또한 마찬가지 경우에서 저의 문제가 되는 것입니다.

　-그렇다면 문제의 근원이나 환부에 대해 말해 주십시오.

　……여기에서 근원이라든지 환부라는 식으로 표현한 것은 물론 당신이 잘 이해한다고 생각합니다만 문제를 구체적으로 인식해가는 과정에서 필요한 명제입니다. 어떤 문제 내지는 현상에는 그것이 형성될만한 구체적인 원인을 만드는 조건이 존재하며 또한 존재했습니다. 그리고 원인과 그로 인해 발생하는 결과인 문제와 현상은 서로 불가분의 관계에 있으나 현실에서 그것들은 각각 독립된 존재가 되어 버립니다. 선의에 의해 발생한 결과가 악이 되거나, 악에 의해 발생한 결과가 선이 되는 경우는 따로 예를 들 필요도 없이 우리들이 자주 경험하는 일입니다. 이 말은 원인이 어쩔 수 없는 것이었다면 결과의 좋고 나쁨과는 별개로 어느 정도 호의적으로 보려는 의식에 우리들이 빠지기 쉽다는 것, 그리고 과연 그것이 좋은 일인지 아닌지 생각해 봐야 한다는 것을 뜻합니다. 그렇다면 우리들의 의식이 정형화된 조건이

무엇인가를 살펴보면 우리들 재일조선인이 역사적으로 놓인 위치입니다. 다시 말해 우리들의 정형화된 의식의 근원은 우리들의 힘이 미치지 않는 어쩔 수 없는 것이었습니다. 그러나 현재 우리들은 전혀 다른 조건 안에 놓여 있습니다. 그럼에도 의식만은 한 시대 전에 형성된 것이 우리들을 지배하고 있기 때문에 헤아릴 수 없는 폐해를 입고 있는 것입니다. 의식이 정형화되었다는 것은 개인과 사회가 직면한 현실 내지는 장래에 대해 전망하는 사고가 하나의 스타일을 갖춘 것이며, 개인이 사회의 한 구성원으로 살아가고 사회가 그 발전운동을 적극적으로 추진하기 위해서는 불가결한 것으로, 그 출발점에 있어서는 진보적인 것입니다. 그렇지만 현실은 늘 변화와 발전을 이루며 어떤 지점에 이르면 그때까지의 사고 스타일로 새로운 지점에 도달한 현실과 그 지점에서 바라본 장래에 대한 전망을 할 수 없다는 숙명적인 법칙 또한 내적인 필연으로서 존재하는 것입니다. 그런데 스타일을 갖춘 사고방식은 개인과 사회 모두에게 매우 편리한 것으로 대개의 일들은 고민할 필요 없이 해결됩니다. 그런 안이함에 익숙해진 우리들의 사고 질서가 서서히 드러나는 새로운 현실에 효과적으로 대응할 수 없기 때문에, 빠지지 않아도 될 혼란에 빠져 버리는 경우가 얼마나 발생했는가, 또한 지금부터 얼마나 발생할까를 결코 헤아릴 수 없겠지만, 이는 어쩔 수 없는 문제라며 체념해서도 안 된다고 생각합니다. 여기에 우리들의 사고 스타일-정형화된 의식은 정신질서의 한 면을 갉아 먹고, 그곳에 문제의 원인을 형성한다고 말할 수 있습니다.

　-대체로 이론적으로는 이해합니다만 제 안에 자신의 정신질서를 갉아 먹는 성가신 의식이 있다는 사실은 실감할 수

없습니다. 조금 더 구체적으로 이른바 사고 스타일이라는 것이 얼마나 현실과 부합하지 않은 상태로 존재하는가에 대해 말해 주십시오.

……구체적으로 말한다는 것은 매우 매력적이지만 동시에 내게 어떤 공포감을 줍니다. 우리들 재일조선인의 의식−사고 스타일이 현실과 부합하지 않을 뿐 아니라 우리들에게 여러 가지 폐해를 가져다준다는, 여태까지 일반화되지 않은 견해를 공공연히 주장할 때는 당연히 반론을 예상해야 합니다. 그러나 이것을 추상적으로 주장하는 한 변명의 여지가 있을 수 있으나, 구체적으로 주장하면 변명의 여지가 없어집니다. 그리고 저는 우리들을 향한 반역자이자, 나아가 조국과 민족을 향한 반역자로 규정되어 자신의 모든 것이 매장되어 사라져 버릴지도 모릅니다. 그런 경우 대다수 사람들에게 형세가 안 좋은 저를 변호하는 일은 곤란할 뿐이기에, 득이 되지 않는 일을 하지 않을 것입니다. 사안의 상세한 경위 등 귀찮은 일들은 모른 채, '맞다 맞어' 라고 외치면 그만인 쪽에 가담할 것은 말할 필요도 없습니다. 그렇지만 현재 우리들이 놓인 상황 속에서 이런 일은 거의 벌어지지 않을 것입니다. 저를 스친 공포감은 저의 과잉된 의식이 가져 온 환영에 지나지 않을 것입니다. 그렇다면 구체적으로 우리들의 사고 스타일을 살펴봅시다.

우리들은 지금 조국과 완전히 격리된 채 일본이라는 이국에서 살고 있습니다. 우리들의 조국은 구체적으로 아시아 대륙의 조선반도에 위치하지만, 우리들의 경우 머릿속에도 따로 추상적으로 존재하며, 이것이 우리들의 의식을 강하게 제어하고 있습니다. 그리고 여기에서 미묘한 심리현상이 발생합니다. 머릿속에 추상적인 조국의 이미지를 형성하는 작

업은 개개인이 신문과 라디오 등의 보도기관과 그 외 수단
으로 얻은 자료를 이용하여 진행해 왔으나, 그 다음에 생기
는 조국애라는 의식 형태는 서로 비교하면서 완전히 동일한
형태로 만들어 버리는 것입니다. 그리고 조국애는 각각 자
신의 머릿속에 형성된 추상적인 조국을 점점 더 미화시켜
무결한 것으로 만들려는 노력을 필연적으로 요구하며, 이를
통해 조국은 이상적인 형태를 갖추어 버리는 것입니다. 그
렇지만 각 개인은 일본이라는 자본주의 사회에서 자본주의
적인 생활을 향유하고 있기 때문에 자연스럽게 자신의 머릿
속 조국과 구체적인 조국에 대해 일종의 열등감을 가지게
됩니다. 이 열등의식(아마도 대다수 사람들은 자각하지 못하
고 있을 것입니다만) 때문에 우리들의 조국애가 우리들의
실재와 떨어진 장소에서 유형화되고, 이것이 우리들 사고
스타일의 한 쪽 축을 변화시켰다고 할 수 있습니다. 그러한
사고 스타일이 조국애에 대해, 조국예찬에서 시작하여 해방
전쟁에 있는 인민군의 영웅적 투쟁과 민주기지 건설의 3개
년 계획 초과달성에 대해 찬양하는 식으로 마무리 짓게 하
고, 애국심에 대해, 인민공화국의 훌륭한 공민이 되는 것이
라는 추상적인 말에서 시작하여 그것이 모두라는 식으로 결
론지음으로써, 조국과 우리들 사이에 벌어진 거리를 좁히는
작업을 게을리 하게 만드는 것입니다. 그리고 해방전쟁의
고통스러운 싸움에서 희생된 자들을 향한 육체를 죄여오는
듯한 우리들의 고통이 되기도 했습니다. 감사의 정념은 어
떤 회합에서의 일분 묵상으로 끝나고, 또한 그러한 감정을
공공연히 밖에 내보이는 것은 어딘가 약함을 드러내는 것처
럼 여겨지는 등, 우리들의 마음은 어느 새인가 거짓의 베일
을 쓰게 된 것입니다. 또한 어떤 사람들은 공화국 내각 각

부의 책임자 같은 어조로 민주기지 건설의 성과에 대해 감격적으로 말합니다. 누구에게 말하는가 하면 조국의 이와 같은 발전된 모습을 믿지 않거나 의심한다고 여겨지는 사람들입니다. 이 경우 말하는 이는 듣는 이들보다 조국애도, 애국심도 한층 위에 서 있다는 의식을 가지며, 듣는 이는 듣는 행위를 통해 조국애를 고양하고, 애국심을 깊게 해야 한다는 전제 앞에 놓이게 됩니다. 즉 말하는 사람이 듣는 사람들의 조국애와 애국심을 전적으로 믿지 않을 때, 어떻게 해서든 상대방에게 공화국의 훌륭함과 위대함을 믿게 해야 한다는 의식이 심중에 똬리를 틀게 되는 것입니다. 본인은 누구에게도 뒤지지 않는 조국애와 애국심을 가졌다는 자부심으로 만족하고 있을지도 모르지만, 상대방에게는 기분 좋은 일이 아니며, 객관적으로 보면 우리들 사이에 조차 서로의 조국애와 애국심에 대해 믿지 못한다는 심각한 상황이 되는 것입니다. 물론 인간 따위 믿지 못할 존재입니다. 가장 애국적인 얼굴을 했던 자가 어느 새인가 스파이가 되어 버리는 경우도 종종 있으니까. 그렇다고 해도 이러한 불신이 우리들 사이에서 일반적인 풍조가 되는 것은 결단코 견디기 힘든 일입니다. 어떤 정황이나 상황에서는 그가 나를 죽일 수도 있다고 의심 하는 사람들 사이에 과연 마음과 마음이 묶인 인간관계가 만들어 질까요. 물론 의식적으로 상대의 조국애와 애국심을 의심하는 경우는 아주 드물다고 생각합니다만, 우리들의 사고 스타일은 그러한 처지에 빠지기 쉬운 측면을 확실히 가지고 있습니다. 여기에 '그'에게 하나의 물음을 제기해 봅시다.

"공화국의 민주기지건설에 종사하는 노동자들은 정말 힘들겠네요"라고, '그'는 바로 대답할 것입니다.

"바보 같은! 힘들기는커녕 모두 자신감과 희망에 가득 차 즐겁게 일하고 있다"라고.

그가 정신적 현상과 육체의 생리적 현상을 뒤섞고 있는 것, 즉 생리적 현상을 보면 알 수 있지만 정신적 현상은 본 것만으로는 알 수 없다는 매우 상식적인 사실을 간과하고 있다는 것을 당신도 바로 알아차렸을 것입니다. 즐기기만 하면서 일했다면 3개년 계획의 초과달성 따위 가능할 리 없습니다. 아무런 고생 없이 폐허 속에서 평양의 모습이 만들어졌다면 저는 공화국의 누구에게도 경의와 찬사를 보내고 싶지 않습니다. 자본주의 사회에서 기개 없이 살아가는 우리 같은 사람들에게는 도저히 불가능할 듯 보이는 일을 모든 고난을 극복하면서 해 냈기에 경의와 찬사를 아끼지 않는 것입니다. 이와 같이 자명한 사실 조차 볼록 렌즈를 끼고 신비스러운 이미지로 봐야만 직성이 풀리는 의식을 소유한 이들이 우리 안에 지나치게 많고, 그들이 정통파로 통용된다는 점에 정형화된 의식이 병들어 버린 현실을 말해 줍니다. 그러나 문제는 이뿐만이 아닙니다. 앞서 저는 우리들의 실재와 동떨어진 장소에서 정형화된 조국애가 우리들의 사고 스타일의 한쪽 축을 변화시켰다고 지적했습니다만, 다른 한쪽 축을 이루는 것이 우리의 피해의식입니다. 이 피해의식이 우리들 정신의 솔직한 성장을 방해하고 불필요한 혼란을 초래한다는 사실을 우리들 대부분은 깨닫지 못하고 있습니다. 우리들의 경제적 빈곤과 정치적 무권리 상태가 과거 일본 제국주의에 의해 초래되었고, 현재 일본 정부의 정책으로 이어져 왔다는 사실은 언급할 필요도 없으며, 그에 대한 우리들의 저항 또한 당연한 것입니다. 그런데 우리들의 저항이 조금은 아이가 떼쓰는 것 같은 방식에 치우친 경향이 있다는 점은 부정하기 어렵습니다. 왜냐하면 경제적 빈곤과 정치적 무권리상태를 강조한 나머지 우리들에게 일어난 여러 가지 곤란한 현상의 원인을 그것들에 떠넘기는 사고 스타일을 만든 것입니다. 자주 학교 유지운영비가 잘 모이지 않는 것과 아이들에 대한 가정교육의 불충분함, 그리고 청소년의 불량화 문제 모두가 생활이 힘들기 때문에 일어나는 현상이 되어 버리고, 어떤 사람들은 터무니없게도 재일조선인이 그 인구비율에 비해 범죄자를 많이 배출한다는 일본 당국과 일부 일본인의 다분히 민족적 편견에 치우친 비난에 대한 변호에까지 이용하는 현상조차 있었습니다. 앞서 언급한 현상의 원인 중 생활의 빈곤이 50퍼센트 이상의 비중을 차지하는 것은 확실합니다. 그러나 그것이 원인의 전부가 아니라는 것 또한 사실입니다. 그렇다면 여기서 중요한 것은 이들 원인 중 우리들의 의지로 지금 바로 제거 가능한 것이 무엇인가라는 문제입니다. 당연히 우리들의 경제적 빈곤과 정치적 무권리상태는 아닐 것입니다. 지금까지 우리들은 자신들이 할 수 있었던 일들에는 눈을 감은 채, 어찌 할 수 없는 일들만을 열심히 부르짖으면서 중요한 시간을 낭비하며 같은 곳을 맴돌고 있었던 것은 아닐까요. 시효가 말소된 증서 같은 피해자의식은 홀홀 털어버려야 한다고 생각합니다. 소중한 우리들이야말로 최대 피해자라는 의식이 있었기 때문에, 조국에서 교육비가 온 순간, "교육비가 왔으니 월사금을 면제하라"라든지 "교육비가 왔으니 월사금을 내지 않는다" 따위의 말들을 아무렇지 않게 내뱉을 수 있는 것입니다.

　-저는 늘 스스로의 의식 속에 서로 모순되는 것이 존재한다고 생각되어 홀로 고민하고 있었습니다만, 당신의 말을

듣고 있으면 왠지 그 모순의 정체를 알 것 같은 느낌이 들었습니다. 지금부터 당신의 사고방식을 참고하여 스스로의 의식을 정리해 보고 싶습니다. 거기에 또 하나 제가 항상 고민하고 있는 것이 조선어로 써야한다는 의식입니다. 저도 조선어로 신문쯤은 읽을 수 있지만, 시 창작을 하려면 아무래도 잘 되지 않습니다. 물론 더욱 더 공부해야 한다고 생각하지만, 언제나 조선어로 써야 한다는 의식에 괴로워해야 하는 것이 고통이기도 합니다.

……제 이야기가 당신의 모순된 의식을 정리하는 데 도움이 된다면 저에게는 둘도 없는 기쁨입니다. 어떤 경우에도 타인의 사고방식을 그대로 받아들이는 데에는 감복하지 않습니다. 자신의 주체성이라는 책임 하에 받아들어야 하는 것입니다. 마찬가지로 조선어로 써야 한다는 의식도 자신의 절실한 양심의 요구에서 생긴 것이 아니라면 그다지 의의가 없을 것입니다. 당신의 경우 조선어로 써야 한다는 의식에 고민한다는 사실은 당신의 절실한 양심의 요구가 아닌 것으로 보입니다. 물론 누구라도 조선어로 쓰고 싶다는 의욕을 가지고 있습니다. 그러나 그것이 당신을 고민하게 만들 정도의 의식이 되었다는 것은 다른 사람들로부터의 촉구에 의한 것으로 생각됩니다. 그렇다면 일본어로 시 내지는 소설을 써온 조선인들에게 반복적으로 요청되어 온 '조선어로 써라'라는 것은 어떠한 의식에서 유래되었는가 생각해 봅시다. 그것은 첫 번째로 '조선인이니까 조선어로 써야한다'라는 기본의식에서 시작해 두 번째로 '일본어로 쓰인 조선인의 시와 소설 등은 조선 문학이 아닌 일본문학이다. 따라서 조선인은 당연히 조선 문학을 창작하는 것이 의무이다'라는 사실에 있을 것입니다. 이것은 당연한 말로 조금

의 이의를 제기할 여지도 없습니다. 그렇다고 하여도 그것
이 시(소설에 대해서는 그 분야의 사람들의 의견이 있을 것
이기에 저는 시에 한정해 말하겠습니다)를 창작한다는 특수
한 정신활동 분야에서도 절대적인 조건이 되고 나아가 시인
의 민족적 사상성의 깊고 얕음을 측정하는 척도가 되는 것
은 있을 수 없다고 생각합니다. 일반적으로 언어라는 것은
매우 간단한 표현수단이며 전달 수단입니다. 그러나 시 등
과 같이 단순한 표현과 전달 이상의 기능을 요구하게 될
때, 갑자기 섬세하고 연약한 생명을 가진 것으로 그 모습이
바뀝니다. 그렇게 되면 언어는 매우 다루기 힘든 것으로 변
화합니다. 이처럼 다루기 힘들고 섬세하며 연약한 생명을
지닌 언어를 잘 사용하기 위해서는 아무리 대단한 논리도
이 상황에서 도움이 되지 않습니다. 긴 시간을 들인 진지한
대결로 얻어진 경험만이 가능한 것입니다. 당신도 저도 그
리고 일본어로 시를 쓰는 많은 사람들도 일본어로 자신과
세계, 그리고 우주를 인식해 온 것입니다. 그것은 엄엄한 사
실로 옳고 그른가를 논할 문제가 아닙니다. 다만 단지 의미
를 알고 있는 언어와, 자신을 키웠고 자신 안에서 그것을
키워 온 언어를 동일하게 논함이 불가능하다는 사실은 당연
합니다. 그렇다고 해서 우리들이 일본어에 의해 키워졌고
조선어의 의미는 조금만 알고 있으므로 일본어로 모든 것을
처리하고 조선어는 되돌아 볼 필요가 없다는 의미가 아니
라, 조급하게 '조선어로 써라'라고 주장하는 것은 기형적
이며 우리들 재일조선청소년들의 순수한 성장을 방해하는
것은 아닌가라는 점입니다. 여러 열악한 조건을 지닌 남의
땅에 씨를 뿌려, 싹의 틔우고, 열매를 맺게 하는 작업은 웬
만해서 가능한 일이 아닙니다. 당신도 저도 조선어를 진정

으로 자신의 언어로 삼기 위한 노력을 한시도 게을리 해서
는 안 되는 동시에 '조선어로 써야지……'라는 의식에 신
경 쓰지 말고 용어와 방법에 대한 문제를 해결하는 과정에
서 주체성을 확립해야 하며, 우리들의 시를 읽어 주시는 분
들도 시 자체의 양심적인 또는 내부문제로서 해결해야 할
문제를 마치 자신들이 간섭해야할 문제처럼 생각하지 말고,
시작품이 자신들에게 새로운 감동과 세계를 제시해 줄 것인
지 아닌지를 문제시해야 한다고 생각합니다. 이러한 작업
없이 시란, 특히 조선인 시인이 쓰는 시는 우선 조선어로
무언가를 노래해야 하고, 그 '무엇'은 이러이러 해야 한다
는 사실. 이와 같은 의식을 먼저 내세워, 시를 읽고는 우선
자신의 의식과 대조해 본 후 다행히 그 작품의 형식과 내용
이 자신의 의식과 일치하면 좋은 작품이며 작자의 사상성도
옳고 애국심에 가득 찬 것으로 인정하나, 불행히도 자신의
의식과 일치점이 없고 자신의 감성과도 완전히 동떨어진 내
용의 경우에는 이해할 수 없는 졸작이며 작자의 사상성도
애매하고 애국심도 결핍되었다고 단정하고, 작가가 그 평가
에 복종해야 한다면 어떻겠습니까. 그러하다면 시는 언제까
지나 우리들 내부의 지금까지 형성된 의식과 감성의 틀 주
변에서, 사고 스타일이 지시하는 코스를 따라 빙글빙글 맴
돌아야 하며 우리들의 의식과 감성은 정체상태를 지속할 수
밖에 없습니다. 그렇게 되면 시 따위 우리들에게 존재해야
할 필요성은 유행가만큼도 없다고 할 수 있습니다. 사실 현
재 우리들의 시는 대다수 대중들에게 '노들강', '앞 강물 흘
러흘러'와 같은 조선의 20여 년 전 유행가 이하의 존재입
니다. 어떤 대회가 열려, 열렬하고 애국적이며 혁명적 연설
이 끝난 후 여흥으로 나오는 것이 우리 자주 학교의 티 없

이 맑은 여자 아이가 부르는 이들 노래이며, 또한 무슨 문
화제에서 불리는 것도 역시 이들 노래입니다. 이들 노래에
대다수 대중은 박수갈채를 보내고 주최자가 그 광경을 보며
득의양양한 미소를 짓는 일은 늘 목도하는, 참기 힘든 광경
입니다. 이러한 모습이 계속되는 한 그리고 이러한 광경에
득의양양한 미소를 짓는 주최자들이 그 어리석음을 깨달아
개선하지 않는 한, 우리들 시가 설령 조선어로 쓰인다 해도
우리 재일조선인의 문화적 재산이 되는 일은 없다고 단언합
니다.

 -그러나 시인에게는 일반대중이 읽어도 의미를 알 수 없
고 또한 읽어 보고 싶다는 의욕도 일지 않는 이른바 어려운
시만이 아닌, 영혼의 기사技士로서 대중이 애독하고 그들의
영혼을 보다 좋게 개혁할 수 있는 시를 쓸 의무가 있는 것
은 아닐까요.

 ……일견 지당해 보입니다만 실은 시인에게는 작품을 보
다 좋은 것으로 만들어 가는 것 이외에는 일반 대중과 동일
한 의무밖에 없습니다. 시인이니까 대중을 위해 시를 써야
한다는 의무는 일종의 난센스에 지나지 않습니다. 그리고
영혼의 기사라는 표현인데, 확실히 그 말은 스탈린이 소련
동맹의 문학자와 예술가에게 보낸 찬송이었다고 생각되지
만, 소련 동맹의 문학가와 예술가가 그것을 기뻐했는지는
알 수 없습니다. 그러나 세계의 많은 나라에서 좋은 의미로
또는 자부심과 함께 사용되어 온 것은 사실이며 우리들 재
일조선인 사이에도 종종 사용되고, 저 또한 그 표현이 들어
간 훈시 비슷한 것을 들은 기억이 있습니다. 저는 시 이외
의 예술분야는 잘 모르기 때문에 뭐라 말할 수 없지만, 시
에 관한 한 영혼의 기사라는 표현은 통용되지 않는다고 생

각합니다. 왜냐하면 제아무리 훌륭한 시인이 제 아무리 좋은 시를 쓴다 해도 독자의 감성과 정신의 적극적인 작용이 없다면 독자의 영혼에 좋은 영향을 미칠 수 없기 때문입니다. 그런데 기사라는 존재는 그 기술을 통해 대상의 의지와 관계없이 대상을 직접 변혁시켜야 합니다. 시인의 경우는 기껏 해봐야 영혼의 약제사 정도일 것입니다. 왜냐하면 시인은 시라는 약을 만듭니다. '좋은 약은 입에 쓰다'는 오래된 속담을 거론하고 싶은 건 아니지만, 영혼을 변혁시킬 정도의 약이라는 것은 그렇게 흔하게 존재하지도 않고, 존재한다 하여도 달아서 혀를 녹일 것 같은 것은 결코 아닙니다. 오히려 딱딱하고 쓰며 게다가 소화시키기도 힘든 성질을 지닌 것이 많고, 대체로 잘 씹지 않으면 위장을 그대로 통과할 뿐 아니라 잘못하면 위궤양을 일으킬 우려가 큽니다. 그럼에도 그 약을 먹고 싶다고 바라며, 몇 번이고 무미한 맛을 음미한다는, 결코 즐겁지 않은 노동을 반복할 수 있는 사람들만이 그 약(시)의 가치를 자신의 영양분으로 바꿀 수 있는 것입니다.

　-그렇지만 현대에는 좋은 약이 쓰다는 것은 통용되지 않을 뿐 아니라, 달고 부드러움에도 몸에 도움을 주는 약을 얼마든지 만들 수 있으니 시 또한 알기 쉽게, 영혼에 좋은 영향을 미치는 작품을 창작할 수 있는 것이 당연하지 않을까요?

　……어이쿠 한 방 먹었습니다. 그것도 내가 든 바로 그 예로. 그러나 약과 시는 중대한 차이점이 하나 존재합니다. 그것은 약은 병을 고치거나 몸을 건강하게 만들기 위해 어떤 형식과 방법에 치우쳐도 됩니다. 그것이 작은 알갱이여도, 분말이어도, 액체여도 그 목적에 맞으면 그만인 것입니

다. 그러나 시는 우선 시여야 합니다. 애국지성을 토로하는 것이 목적이라면 시라는 형식을 취하지 않아도 좋으나, 시로 존재하기 위해서는 애국지성 이상의 시여야 한다는 점이 중요합니다. 왜냐하면 연설도 논문도 시도 애국지성만이 문제가 된다면 시가 존재할 이유가 없습니다. 애국지성이라는 동일한 것을 노래한다 해도 시는 특수한 세계를 형성해야하는 것입니다.

오늘은 김시종의 에세이 「맹인과 뱀의 언쟁」이 발표된 시점에서 말할 예정이었고 또한 그렇게 해야 했지만 결국 같은 장소를 맴돌기만 한 것 같아 죄송합니다. 그러나 이 문제는 누군가가 결론을 내고, 그것으로 종결지을만한 것은 아니라고 확신합니다.

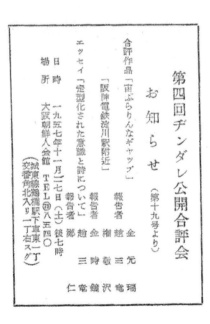

제4회 진달래 공개 합평회

알림(제19호에서)

합평작품 「어중간한 갭宙ぶらりんなギャップ」

　　　　　　김원서, 보고자 조삼룡

　　　　　　「한신전철 요도가와역 부근阪神電鉄淀川駅附近」

　　　　　　권경택, 보고자 김시종

　　　에세이「정형화된 의식과 시에 대하여定型化された意識

　　　　　　と詩について」

　　　　　　조삼룡, 보고자 정인

일시: 1957년 11월 27일 토요일 오후 7시

장소 오사카 조선인 회관 TEL (75) 8540

조우토선城東線 쓰루하시역 하차 히가시東 1쵸메丁目

파출소 모퉁이에서 북쪽 방향으로 한 블록 바로 오른쪽.

[시집평]
속임 기술의 논리 남민수 시집 『공수도가』를 읽고

정인

내 앞에 울분을 폭발시킨 한권의 작은 시집이 놓여 있다. 일본의 니가타新潟라는 눈 많은 지방에서 이름 모를 조선 청년이 격한 항의의 언어를 표현한 것이다. 호화스런 시집들이 매일같이 출판되는 상황에서 겨우 18편의 작품만 담겨있는 자그마한 처녀 시집 『공수도가』가 지닌 발언력은 일본적인 커뮤니케이션의 바다 속에서는 작은 물결조차 일으키기 힘들 정도의 무력한 것임에 틀림없지만, 나는 어떤 친근감을 가지고 이 시집을 감상했다. 동세대라는 연대감으로 맺어진 친근감이긴 하지만 그것뿐이라고 말해 버린다면 거짓일 것이고 저자도 틀림없이 불쾌하게 여길 것이다. 몇 통의 편지 이외에는 시집을 통해서 밖에 저자에 대해 알 수 없는 내가 이 자그마한 시집에 어떤 동정에 비슷한 친밀감을 느낀 것은 의심의 여지없이 그 강렬한 울분의 출처 때문이나, 내가 불만을 느낀다면 그것은 시인의 분노 처리 방식에 대해서일 것이다.

"황폐하기 짝이 없는 생활을 보내고 있던 청년기, 나의 조국에서 전쟁이 일어나 동족상잔의 피가 조국의 마을과 들판에 흐르고, 거리는 처참하게 파괴되어 있었다. 나의 피는 부글부글 끓어올랐고 마음은 심하게 상처 입었다. 이 때 아귀처럼 시를 욕망했던 것이다" 이것은 저자의 후기 일부인데, 여기에 남민수 시의 출발점이 있고, 이 시집이 만들어진 모든 이유가 있다. 그는 자신이 현재 생활하는 장소인 일본의 환부에 눈을 돌리고, 예리하게 파고듦으로써 세계의 환부와도 대결하려는 것이다. 20세기 비극의 증인으로 입회하는 행위 이외에는 믿을만한 미래를 감지할 수 없으며 조국과도 관계를 가질 수 없을 것이다. 내가 공감하는 부분이 여기에 있다.

불만투성인 시인 남민수는 완전한 정의파라고 할 수 있다. 거의 상처 입은 야수 소리 같은 생생한 시구는 일종의 열기로, 읽는 독자의 가슴에 파고들지만, (이것은 또한 이 시인의 특징이기도 하다) 그 만큼 작자의 깨지기 쉬운 정신의 소재가 들여다보인다. 우리들 주변에는 더럽혀진 불신으로 가득 찬 사정이 많이 있고, 시인의 감성은 이것들에 반대하고 대결하도록 하나, 이는 대체로 정치와의 관련성을 지닌다. 이처럼 복잡하고 거대한 사회 메커니즘을 주시할 때 꾸밈없는 미덕은 얼마나 효과를 발휘할 수 있을까? 아사이 주자부로浅井十三朗가 주재했던 「시와 시인」으로 시를 쓰기 시작했다고 말하는 이 시인이 격정을 고양시키는 모습은 때로 아프게까지 느껴진다. 둘러 싼 현실을 향한 끝없는 초조함과 절망감 같은 것이 그의 시의 주요한 모티프이고, 감정의 순수함에 마음이 끌리지만, 꾸밈없는 주체가 히스테리컬할 정도로 격하면 격할수록 주체가 의도하는 대상의 해체는 요원하다. 오히려 주체 그 자신이 허무하게 상처 입고 해체되어 갈 것이다.

시인은 어떤 의미에서 연기자여야 한다고 나는 생각한다. 들이 닥치는 복잡하고 거대한 사회 메커니즘에 대해 가볍게 속임 기술을 쓸 정도의 뻔뻔스러운 정신이 때로는 필요하지 않을까? 나의 이론을 비겁한 호신술이라고 단정하는 사람이

있을지도 모르나, 진실의 관찰과 분석의 수치는 바로 여기
에 있다고 생각된다. 시인의 태도와 행동은 여기에서 비로
소 보장된다 해도 좋을 것이다. 상처입기 쉬운 시인의 정신
은 그만큼 인간 내지는 인간을 둘러싼 사회악에 대해 민감
하며, 또한 이것이 인간을 풍부하게 하는 하나의 힘을 보류
시킬 것이라는 사실은 의심할 여지가 없으나, 그 일을 드러
내어 우리들을 둘러싼 현실에 대처하려 한다면 그것은 지나
치게 깔끔한 방식이라고 할 수 있다. 현대 시인이 새로운
미의 탐구자라면 모든 외부적인 상황을 포함하여 인간의 정
신 내부 그 자체까지 모두 물질로 환원시켜야 한다. 과학은
이미 우주 안에 있다.

공수도가

축제로 떠들썩한 여기 어촌의 큰길.
넘칠 듯 울분으로 채워진 자루를 메고
오키나와 열도에서 왔다는 사람이,
암석 같은 울분을
주먹으로 부수고 있었다.
새까맣게 모인 구경꾼들 앞에서
공수도가는
왼손 바닥에 커다란 암석을 올리고
말을 시작했다
　　'이것을 깨뜨릴 녀석은 없는가!
　　이것에 내 역사를 걸겠다'
젊고 건장한 어부가 다수 있었지만
누구도 손을 들지 않는다,

한결같게 풀이 죽어
다음 상황을 조심조심 기다렸다.
　'아무도 없는가'
이미 무수한 상처로 피투성이가 된 오른 손
주먹을
하늘 높이 쳐 올리고
빙그르 한 바퀴 돌렸다.
　뻔뻔하다
　확실히 뻔뻔한 것이다
무언의 동작으로 보상받은
　출혈.
그의 일그러진 얼굴에 순식간에 분노가 넘쳐
　나
척추를 비틀자
울분은
순식간에 폭발
암석은 일순 가루로 부셔지고 흩뿌려져 어부들의
정수리를 관통했다.
살펴보니,
그의 주먹은 실망의 끝
멀리
남쪽 바다에 떨어져,
철근 콘크리트 성채로
시시각각 변모해 갔다.

　이 시는 시집 앞부분에 있는 작품인데 작자는 감수성이
예민한 자로, 그 이미지는 일종의 열기를 띠고 있어 외계外

界의 작은 현상에도 바로 반응한다. 이것은 결코 결점이 아니지만 자신의 감정에 대해 어떤 불신을 가지고 한 번 더 확인해 보는 과정이 거의 없는데 이것은 어찌된 일인가. 어떤 순간에 눈물샘이 폭발하여 많은 눈물이 흐르고, 그 눈물에 이끌려 또 새로운 눈물을 흘리는 것 같은 느낌을 지울 수가 없다. 더 패밀리 오브 맨 전시회에 비유해서 말하자면, 서브타이틀에 들어간 '피폭자들처럼'이나 아우슈비츠의 살육을 노래한 '밤과 안개' 등 사회적 주제를 다룬 작품에서 특히 이러한 점이 느껴진다. 나는 '텅 빔'과 '심야의 역'에 마음이 이끌렸다.

술렁거리는 파도가 일순 소리를 낮추고 울분을 유지한 채 들이 닥쳤을 때 이 시인은 어떻게 변모할 것인가 충분히 기대할 만한 가치가 있다. 이 동세대 시인 남민수와 한 잔 기울이고 싶다.

나는 타인의 작품에 대해 비평 비슷한 것을 시도할 때 언제나 커다란 오해를 불러일으키는 것 같은 느낌에 사로잡힌다. 이 단문을 끝낸 지금 정확히 그런 기분이다.

합평 노트

호가 더할수록 우리들 합평의 방법, 즉 비평정신이 심화되는 것을 느끼는 것은 얼마나 유쾌한가. 자극하고 자극받으며 격론을 펼친 후 부드러운 담화를 주고받는 것에 더할 나위 없는 행복을 느낀다. 때로는 술 한 잔을 걸치고 여자 이야기에 빠지는 것도 지극히 당연하다. 우리들에게 그런 기회도 없다면 시 따위 똥이나 처먹어라.

그런데 합평에 보고 건인데, 항상 하는 필기를 잊어 버려 단편적인 것밖에 쓸 수 없는데, 언짢게 생각 말기를.

○「거리街」 정인

시간만 보내고 있는 기계적인 일상생활에 울분을 느낀 작은 새가 새장을 빠져 나가려는 능동성은 알겠으나, 다분히 테크니컬하며 이미지의 비약이 몹시 심해 오히려 작품의 분석을 소홀하게 할 우려가 있다. 그러나 작자가 작품을 지성화知性化 한 점은 평가할 만하다.

○「무료함退屈」 조삼롱

마지막 한 행은 독자에게 여러 가지 암시를 준다는 점에서 매력적이나, 전체적으로 신선미가 없고 유형적이다.

○「밤이여 빛을夜よ明かりを」 박실

주제가 너무나 상식적이고, 방관자적이며 그 저변에 센티멘탈이 흐르고 있어, 그 점이 일반 독자에게 환영받았을 것이라고 생각되지만, 작자가 독자를 지나치게 의식한 결과 선생님이 학생을 가르치는 타입의 시가 되어 버렸다. 앞으로 작자에게 주어진 명제는 자기와의 대결이며, 종래의 상 송적인 서정을 배척하는 것이라고 생각된다.

○ 「기억의 시작記憶のはじまり」 양정웅

산뜻하고 조촐하게 정리된 작품이다. 제목이 뛰어나기 때 문에 내용의 이미지가 영화화 되었다. 앞으로 이 지점에서 벗어나지 말고 나아갈 것을 기대.

○ 「실험해부학実験解剖学」 양정웅

상상에 지나치게 치우쳐 있어 환상적인 색채가 농후하다. 인물에 구체적인 뒷받침이 없는 것도 이 때문이다. 언제나 지적하는 것이지만 어휘의 풍부함이 오히려 방해가 되고 있 는 것은 아닌가. 그럼에도 불구하고, 이 작품은 나름대로 재 밌게 읽힌다.

○ 「가쓰야마お勝山」 홍윤표

'도로를 하나 끼고 이것들은 사건을 기다린다' 까지의 구성과 테크닉은 완벽하다. 이 완벽함이 작자에 한해서는 좋은 현상이 아닌 것이다. 마지막 연에는 많은 문제가 남겨 져 있다. 예를 들어 막다른 곳에 몰린 밀항자의 필연성이 역시 빠져 있고, 또한 밀항자에 대해서도 논해야할 문제가 많이 있다.

○ 「빨간 상복赤い喪服」 김화봉

한 장의 사진으로 조국을 향한 동경이 이렇게까지 강렬하 게 일어난다는 사실이 오히려 불가사의하고 이해하기 어렵다 고 생각된다. 시인이 관념적이고, 조건 반사적으로 감동에 좌우되면 시인의 특수성이 의심받게 된다. 늘 회의적이고 분석적이며 냉혹한 눈으로 사실과 현상과 대결하는 것이 현대시의 첫 번째 조건이라면 이 작품은 타협적이고, 비분석적이며, 사상事象에 자기를 무조건적으로 내던졌다고 말할 수 있다.

○「엘레강스エレガント」 성자경

다분히 감각적이지만 이 점이 작자의 특색이 되어 오히려 신선하다. 그렇지만 언제까지고 감각적이라면 곤란하다. 이 신선한 감각이 논리적인 이미지와 결합될 때 비로소 현대시의 역할을 하는 것이다. 형용사에 형용사가 붙어 있다. 수사의 생략법을 더 연구.

○「밤의 고동夜の鼓動」 김지봉

특별히 새로운 주제가 아니다. '시간은 나와 동시에 가지 못하느니, 아아, 늙는다는 것은 누구의 잘못이라는 말인가' 라는 격언과 다르지 않다.

○「칫항築港」 김인삼

긴 침묵을 깨고 쓴 작품인 만큼 이전 계열에서 벗어나려는 자세가 엿보인다. 그렇다고 해도 칫항이라는 메커니즘적인 정경이 보다 입체화될 가능성이 있었다고 생각된다. 매우 푸석푸석하고 건조한 것이 특징이지만 반대로 그것이 해가 되고 있는 것은 아닐까.

○「노란 작은 새黃色い小鳥」 남상구

울분에 담긴 에너지는 잘 알겠지만 울분을 그대로 표출시키는 건 다시 한 번 생각해 봐야할 것이다. 타이틀은 말할 것도 없고 작은 새와 주인인 자신과의 관계가 추상적이며, 굳이 말하자면 감각적이다. 때문에 작가의 말 못할 위기감 또한 독자에게 모순적으로만 느껴진다.

○ 「**오사카 총련**大阪総連」 김시종

　전호의 「로봇의　수기ロボットの手記」 그리고 「맹인과　뱀의 언쟁」, 「오사카 총련」 으로 이어지는 집중적인 비판에 대해, 우선 경의를 표하고 싶다. 김시종 이외의 동포들도 일찍이 깨닫고 있었지만 침묵하고 있었던 문제에 대담하게 메스를 들이 댄 것은 앞으로의 우리들에게 용기를 준다.

　「오사카 총련」 은 독자 측의 커다란 반향을 일으켰다. 이 것은 독자와 작자 사이가 좁혀진 것을 의미한다. 합평회의 의견을 모아 보니, 이런 부류의 작품을 앞으로도 많이 써야 할 것이다. 독자를 고양시켜야 할 사명이 있다. 피해의식과 동포의식에 대한 천착이 부족하다는 의견 등이 있었다.

　우리들은 항상 훌륭한 시를 쓰려고 노력하고 있다. 그러나 난해해 지거나, 깔끔하지 못한 단어의 나열이 되거나, 감성적이 되거나 하여, 순조롭게 진행되지 않는다.

　훌륭한 시란 이미지가 고요하며, 신선하고, 면도날처럼 예리한 상태이며, 모든 정신이 감추어져 있고 나아가 알기 쉬운 것인데……(양정웅)

편집후기

○ 결국 깨부수어야 할 벽과 대결할 날이 우리에게 온 듯하다. 우리들 내부에서 모순되었다고 느끼고 있었던 의식의 정형화 문제가 5년을 지난 지금 「맹인과 뱀의 언쟁」에 의해 드러난 것은 당연한 수순이라고 생각된다.

이 에세이가 나옴과 동시에 여러 가지 이론이 각 방면에서 제기되고, 문제가 문제를 잉태하여, 점점 더 복잡하게 되었으나, 어떻든 간에 이 문제는 단순히 진달래라는 한 단체의 내부뿐이 아니라 널리 재일조선인의 생활기반에 뿌리 내린 중요한 문제임에는 틀림없다. 그리고 또한 이것은 우리들이 창작하는 과정에서의 방법론이기도 하다.

우리들이 이 의식의 정형화와 무의식적 의식을, 어떠한 형태로든 극복하지 않는 한 창작활동을 지속하는 것은 곤란하다고 생각한다. 우리들에게 주어진 의무는 매우 크다고 생각한다. 그러나 우리들은 극복할 것이라고 확신하고 있다. 자만이 아니다. 그 정도의 자신이 없다면 아무것도 할 수 없기 때문이다.

진달래 공개 합평회가 3회나 개최 가능했던 것은 여러분들의 깊은 관심과 열렬한 비평 덕분임을 깊이 감사하고 있습니다. 앞으로도 이 문제가 다각도로 토의될 것입니다만, 독자 여러분의 이해와 협력이 있다면 감사합니다.

○ 내년은 진달래 발간 5주년이다. 지금까지 여러 가지 힘든 길을 오르거나, 우회하면서 시다운 것을 써 왔으나 현대시의 조류를 살펴보면 아직 아득함을 느낀다. 그러나 이 소용돌이를 보면 어디서부터라고 할 것 없이 조류에 합류하고 싶다는 의욕이 샘솟는다. 이 의욕의 결정이라고 부를 수 있

는 '선집'을 만들어 보려고 계획 중이다.

○진달래에 지금 하나 기뻐할 일이 생겼다. 11월에 김시종의 두 번째 시집 『일본풍토기』가 국문사에서 출판된다. 우리들은 이 시집이 불러올 영향과 성과에 많은 기대를 하고 있다. 그리고 이 시집과 선집에 의해, 진달래의 새로운 위치가 명확해 질 것이다. (양정웅)

진달래 19호

발행일 1957년 11월 10일

정가 40엔

편집부 양정웅, 김인삼, 김화봉

발행대표 홍윤표

발행소 오사카시大阪市 이쿠노쿠生野区 이카이노猪飼野 나카
中 5-28

　　　오사카조선시인집단

チンダレ 十九号

発行日　一九五七年十一月十日

定価　四拾円

編輯部　梁正雄、金仁三、金華奉

発行代表　洪允杓

発行所　大阪市生野区猪飼野中五ノ二八
大阪朝鮮詩人集団

長谷川竜生詩集

パウロウの鶴

B6上製本
四〇〇円
発売中

空想が現実となり、現実が空想となり、いよいよ見事なバランスを構築しながら、しかも現実への追求の眼は肉迫をくわえ、われわれに迫つてくる。その奇妙な波動は現代詩の最先端をつばしる！

東京都新宿区上落合二ノ五四〇

ユリイカ

講座現代詩

1 詩の方法
現代詩にはどんな方法があるのか？　第一線の現代詩人が、自己の詩作体験にそくして、詩作の論理を明快に解明する詩作者必読の書

¥200　〒20

2 詩の技法
近代詩から現代詩迄の詩の歴史が蓄積して今日にいたつた詩の技法を現代詩の当面している面から吟味検討して詩作発展の基礎とする

¥200　〒20

3 詩の展開
現代詩の発展、サークル詩の前進、詩劇歌詩、詩におけるアヴアンギヤルト等、一・三巻の基礎にたつて現代詩展開の可能性を探求する

¥200　〒20

大阪朝鮮詩人集団

20

진달래20호

(1958년)

목 차

유산된 아이

양석일

I

나는, 더디게 눈을 떠 밤에 점막을 찢으며 정신적 폐허 상태처럼 밀실로 왔다.

나는 유산된 아이다. 그들 쾌락의 액체였다. 어느 날 외딴 섬에 어머니가 와서 핏덩어리인 나를 버렸던 것이다. 지금껏 시간도 공간도 모르겠지만 그때 덜 여문 두뇌와 육체는 불안과 공포를 온몸으로 느꼈다. 그리고 얼마 지나지 않아 비가 계속 세차게 내리더니 나를 때려눕히고 태양은 뼛속까지 완전히 말렸다. 얼음은 세포를 헤집고 체내 깊이, 깊이 파고들었다. 심한 통증 탓에 장은 비명을 질렀다. 살은 삐걱거리며 몸을 틀어 가슴을 할퀸다. 번갈아 가며 얼음과 비와 태양은 쏟아진다. 나는 길바닥에 계속 내동댕이쳐진 상태이다. 개조차, 개조차 나를 먹으려 하지 않는다. 그리고 잔혹한 "시간"이 흘러, 잔혹한 "시간"이 다가온다……

하지만 유기물이 태양의 에너지를 흡수하면서, 몇 억년이나 걸려 생물이 발달해 가는 것처럼, 나는 자연의 법칙과 의지력에 의해 자라 온 것이다. 나는 자라왔다. 그렇지만 나에게 인간의 원형은 없다. 우선 인간이기보다도 연체동물, 특히 문어를 닮았다. 적의 공격을 피하기 위해 변색하거나 둥글게 웅크린다. 예를 들면 사람들에게 매도되거나 걷어차였을 때 동그랗게 웅크려 버린다. 어두운 동굴, 어두운 인생 속으로, 속으로 숨는다.

나의 폐는 화성인처럼 몸의 3분의 2를 차지하고 있다. 나는 오늘까지 호흡하는 일에 전력을 다해 왔다. 호흡을 한다는 것은 얼마나 힘든 일인가. 심장은 작게 응고되어 있다. 늘 덜덜 떨면서 주변 분위기만 살펴왔기에 미숙한 상태로 끝나버렸다. 위는 위축되어 있고 장은 섞은 부패물로 꽉 차 있다. 나는 진중해야할 존재이다. 내 항문에는 구멍이 없다. 게다가 내 한쪽 눈은 찌그러져 있다.

Ⅱ

밤, 나의 복수가 시작된다. 나는 야만인처럼 잔혹한 방법으로 복수한다. 돌에 나의 주문을 새긴다. 다른 사람의 사랑의 파멸을 깊이 새긴다. 돌에서 피가 스며나온다.

나의 상상력! 나는 당장 천 명의 애인을 만들 수 있다. 절대로 실연 따위 당하지 않을 애인을! 저 도도한 뮤즈1)들을 모조리 끌어안을 수도 있다. 내 주문의 포로들, 내게 푹 빠진 탓에 여위어버린 가련한 여인들.

나는 또한 저 위선자와 편견에 치우친 자, 나의 과거를, 현재를, 미래를 마구 휘저어대는 놈들에게 도전한다. 그놈들 중 한 명에게 달려들어 목을 조르고 콧구멍을 틀어막아 주지. 음부에 전갈이 기어 다니게 해 주지. 놈이 비명을 지르지 못하도록 목구멍에 뱀을 쳐 넣어주지. 하지만 나는 용서하지 않는다, 절대로 용서하지 않는다. 놈들이 잠든 사이 수

---

1) 춤과 노래 · 음악 · 연극 · 문학에 능하고, 시인과 예술가들에게 영감과 재능을 불어넣는 예술의 여신이다. 또한 지나간 모든 것들을 기억하는 학문의 여신이기도 하다. 고대인들은 뮤즈를 무사(Musa)라 불렀는데, 이는 '생각에 잠기다, 상상하다, 명상하다' 라는 뜻의 고대 그리스어에서 비롯된 것이라고 한다.

천 미터의 심연, 나락 속으로 놈들의 마누라 한 명, 한 명을
끌어넣는다. 이렇게 해서 사디스트이자 마조히스트인 나는
복수의 분자가 심연 속에서 기어 올라온다. 일렬로 늘어서
천천히 무한한 어둠으로부터.

밤의 해도

권경택

한 통의 유서는, 스무 살의 민감한 심장을, 오후 3시 광장에
까발려졌다.

예리한, 말레시아인의 무기가, 파헤쳐진 심장을 꿰뚫고,
비밀스런 혈액은 흘러내려, 멈추지 않는다.

전율이 사라지자, 부드러운 근육은, 갈기갈기 찢겨,
그녀는 허망한 나체를 하고 있다.

허허벌판 황야에는, 날개를 상실한 어린 천사가 드러누워,
눈부시게 산산조각 난 유리의 처참한 번쩍임.

눈동자는, 뒤집혀, 내부만을 응시하기 시작하고,
응시하는 영혼의 바다에서, 항로의 흔적은,
대부분 자줏빛 일색.
드물게 색채가 변해도, 검은색 또는 회색에 한정되었다.

가슴 속에 차가운 추를 깊숙이 가라앉혀,
잡고 있던 손을 스스로 뿌리쳤다.

지는 햇빛도 견딜 수 없는, 쇠약한 풍토에는 밤이건
낮이건, 휘영청 달빛이 비쳤다.

불면의 밤을 지새우고, 기억의 붉은 흐름을, 필사적으로,
더듬어, 피의 비밀스런 원천을, 따져 물었다.

무방비 상태의 두개골에, 수천마리 갈매기가 날아와, 어휘를
찾아내서는, 계속 쪼아댄다.

거머쥔 확증은, 손가락 사이로 새어나가고, 더러워진 시야에,
썩어가는 밤 복숭아.

궁지에 내몰린 자를 바라보는, 수많은 눈에 둘러싸여,
아픈 기억의 모래를 밟으며,
비틀거리며 걷는다.

풍화된 의식이, 다다른 곳은, 누구나 얼굴을 돌리는 곳.
영원한 불모지.

균형을 잃고, 멈춰서는, 생과 사의 접점.

○

계시처럼, 어두운 하늘에 번뜩이는 어휘. 신선하고 잔혹하며
모진 에너지로 충만한 말.

죽은 바다에, 당당히 등을 돌리고, 원색 마을로, 가혹한
지대를 향해 걷기 시작했다.

○

조촐한 음식의 역사는, 눈부신 쾌락 주위로, 밤꽃을 피우며,
연노랑 꽃은, 이삭처럼 피어, 외설적인 향기를
발산시킨다.

하늘은 점차 붉게 물들어, 바람은 뜨뜻미지근하게,
욕망의 끝에서, 지평은, 비로소, 그 밑바닥을 보여주기
시작한다.

허점투성이로, 축축한 동굴을 빠져나가자, 균열된 감각이
심해져, 현기증이 일었다.

○

아크전등, 잔상 속에, 전율하는 환상.

○

상반신은, 말미잘. 하반신은 이상 발육된 여자의 몸.

흑갈색 광야에, 알몸의 여자들이, 식물처럼 뒹굴며,
시야 끝까지 계속된다.

무음의 광기 속에, 우글거리고 있는 여자들의 부패한 샘
속에서, 눈물 같은 액체가 흘러나와, 원색 소용돌이가 감겼다.
광야는 광대한 바다로 변하고, 여자들의 모습은 해저로
침몰했다.

번들번들한, 환희와 넘치는 것을 안고서, 무심히
비추는 태양.

파도 사이로, 불덩어리가 타기 시작해,
눈 깜짝할 사이에 꺼져서는,

갑자기, 먼 바다로 이어져, 불타기도 한다.

바다에서, 괴수 무리가 헤엄쳐 온다. 암컷 괴수도, 섞여,
서로 다투면서, 거친 숨소리로 헐떡이고서는,
불덩어리가 타오르는
해저로 잠입해, 낭비의 바다에서, 거칠게,
찾아다닌다.

환영은 희미해져, 어두운 화를 부른다,
환청이 귓불에 전달되어,
오랫동안 남는다.

그녀는, 손가락질하며 말한다

살찐 괴수는 내 아버지다
나를 범한 최초의 남자다
    ……
당신도 예외는 아닙니다
당신의 음탕한 역사를 공개하지 않는다

엄격한 불신의
모른-척하는 눈동자.

접골원

홍윤표

순서를 기다리고 있었다
밖에서는
소녀들이 줄넘기를 하고 있다
　엔마산 산속
　너구리가 쫓아와서
라는 부분에서 죽자
소녀는
굴러다니던
산소 가스통 위에
편히 앉았다
그리고 노래했다
　그걸 사냥꾼이
　총으로 쏴서

찢어진 양산을 쓰고
젊은 여자가 지나갔다
앵글을 연결하고 있던
용접소 주인은
미심쩍은 표정으로 일을 서둘렀다
플라스틱 칼을 가진

남자 아이 차례다
남자 아이는
마술사처럼
소리 하나를 죽였다
보니
무릎 밑 한쪽발이
허옇게 벗겨져
아무렇게나
선반 위에 올려졌다
　여기 뼈가 부러졌어

접골이 끝나자
남자 아이는
죽인 음을 이어가며
쑥 일어났다
한 마리 개미를 밟고서
작은 쇠다리가 사라진다
나는
작업복 호주머니에서
유행하는
자동기기 모형을 끄집어냈다

운하

정인

한여름 골목에서
아이가 나무문에 기댄다
풀린 메마른 눈에
말을 걸자
동공이 갑자기 커져
무너지기 시작한 통로 밑바닥에서
찬바람이 세차게 불어온다
풍화된 난간에 의지해
나는 출생의 땅을 찾고 있었는지 모른다
내려 쌓인 그곳은
역사 속의 지하수도

오수가 넘치는 해안에
수많은 쥐새끼들이
떠내려간다
태양을 쳐다본 적이 없는
맹인의 감촉으로
서로
부딪치고 괴롭히며 상처 입힌
암흑 덩어리가 되어

끝없이 욕망의 거리를 떠돌고 있는 것이다
우애에 관해 생각할 겨를이 없다
나는 채워지지 않은 배를 움켜쥐고
계절을 멈춘 살의의 벽에
붙잡혀 있다
둘러쳐진 미로 여기 저기
어슴푸레 빛이 비쳐
속고 몹시 지쳐
모두 진흙탕 속으로 빨려들어간다

먼저 바다가 넘쳐
해초가 떠다녔다
부풀어 오른 초록의 암울한 색소가
점차 밝은 빛을 더해 나는
알코올에 담긴 열대어를 보았다

방금 교살한 대리석 같은 손이
신문지에 영아를 둘둘 말아
하수도에 버린다
〈불경기네요〉
그리 말하고
지하병원 원장은

더러워진 손을 씻는다
순백 시트처럼
여자는 절망을 견디고 있다
수술대 어두운 곳
피는 바닥에 스며
운하를 적시고
바다로 이어졌다

기도

정인

비명에 가깝다.
짖어대는 개의 자태.
창문을 반쯤 연다.
심야의 거리는
겁에 질려있다.
풀어헤쳐진 머리카락은
바람에 흐트러지고
옷자락도 풀어져
미친 여자는 공간을 가른다.
그 처참한
비명소리.
이미
한 명의 아들을 교살했는지 모른다.
모두 투명한 것.
한 송이 붉은 장미 같은 것.
옛 사랑은
진흙탕 속에서
변신한 모습으로
웅크리고 있다.
분노가 아니다.

슬픔도 아니다.
틀림없이
터무니없는 기도다.
촉촉하게 젖은
불면의 시간은
거기서 시작된다.

짤랑

김시종

옛날에는 붉은 걸 먹었다.
지금은 흰 걸 먹는다.
먹으며
산다.
산다.
짤랑으로는
맞출 수 없어
동전을 먹는다.
먹는다.
먹는 거다.
기세 좋게는 아니다.
꼼꼼히
어금니를 오가며
시큼한 침이
엿이 될 때까지
계속 굴린다.
으드득
쩔렁
으드득
쩔렁

꿀꺽

철렁

엿이 늘어난다

떨어진다

쭈루

룩—

모인다.

내 몸은

동전으로

한가득.

지금은

머리까지도

막혔겠지.

그래서

몸은

돈 그 자체.

돈마저

생활 그 자체.

짤랑

짤랑

옆으로 흔들어도

짤랑

땅바닥에 웅크려도
짤랑
전후좌우가
짤랑
짤랑.
땡 —
하고
방울로
언제 되지?
아직.
아직.
너의 너가
너를
낳고
아버지가 죽어
굳어져
너의 엄마가
겹쳐져
우리들이
하나의
산이 되었을 때
누군가가 파헤쳐

말 할거야.

아.
이건 알루미늄
산이다.

금으로 한다.
금으로 한다.
나는
은이야.
하루 벌이는
세 장
지니기 좋은 것은
동전입니다.
일부러 바꾼
3백 개.
부모자식 넷이서
으드득
쩔렁
으드득
쩔렁
엄마.

나는 부드러운 게 좋아.
갖고 싶어.
갖고 싶어.
으응.
안 돼.
팔랑팔랑
더럽기에.
이 세상에서
가장
더러운 것
싫-어.
그러니까
나는
돈이 되는 거다!
이렇게
아들
그 가치를
쫓는다.

가는 게 버릇이 될 것 같아
따라잡을 것 같아
둔해진 몸이

구리가 된다.
이게
나의!?
구두를 주는
남자에게는
딸.
딸.
지금이라도
가버린다.
나이 들어
번 돈이
없어져
머리만이
부어
짤랑
짤랑
오물오물 해서는
넘어가지 않는다.

40년 넘은
변비로
아내는 지금도

웅크리고 있습니다.
할머니
아직이야?
아니
곧 나와요.
나옵니다.
화석이 되기 시작한
배를
움켜쥐고
아내는
꾹
참고 있다.
위에서
걸쭉히
반죽된 것이
대장을 지나
항문을 나오는 사이.
황금이 됩니다.
반드시 됩니다.
아내는
믿고
기다리고 있다.

나오고말고.
나오고말고.
폐광이
아니다.
아직 누구한테도
파여진
구멍이
아직
아니다.

두 사람
새파래져
드러
눕는다.

도망과 공격

정인

낮은 언제나 월요일이고, 밤은 언제나 토요일이다. 최근 내가 실감한 있는 그대로의 나의 생활에 대해 이 에세이에 적고자 한다. 내 생활이 아주 산문적이고 보면, 아마 합당한 수법이라 할 수 있지 않을까. 실감이라는 것은 자칫하면 충동적이고, 그렇기 때문에 비논리적이기도 해서 지금부터 쓰는 게 그렇다 해도 용서해 주기 바란다.

나는 샐러리맨으로 샐러리맨의 무력함을 통감하고 있다. 생각건대 나의 무력함의 실체는 내가 늘 사용하는 차, 저주해야 마땅한 자전거에 있다고 해도 무방하다. 삼륜자동차나 트럭이 바삐 왕래하는 한낮의 아스팔트에서 자전거를 탈 때, 나는 여하튼 자전거의 무력함을 느낄 수밖에 없다. 필사적으로 발에 힘을 주어 틀림없이 전진하고 있다고 생각하지만, 나를 두고 뒤돌아보지도 않고 스쳐 지나는 삼륜자동차나 트럭 앞에서는 결국은 정지 이외의 아무것도 아닌, 허공을 차는 것처럼 허망하다. 이미 나의 능력은 한정되어 꿈 그 자체마저 자전거와 같이 시시한 것임을 알게 된다. 자전거가 그 우월성을 확보해 마침내 자유와 권위를 되찾는 것은 뒷골목 길 미로에서다. 아아, 그리운 나의 출생의 땅이여!!

자랑할 게 없는 불모의 월요일은 사막처럼 연이어 의식 끝까지 계속된다. 사막에도 수많은 생명이 실제 살아가고 있고 심하게 변하는 상황에 생명의 위협을 받으며 자기주장

을 내던지지 않는 사실에 관해 모르는 바는 아니지만, 그러
나 여전히 사막은 사막이고, 그러기에 집적된 불안정한 모
래의 가혹한 이미지는 변함이 없다.

　불모의 낮을 포기하고 밤을 탐내더라도, 그건 아주 당연
한 일로 파블로프가 말한 조건반사를 예로 들 필요도 없지
만, 나의 토요일 밤에 관해서는 한마디 하지 않으면 안 되
겠다.
　아득히 먼 밤의 저편에는 항상 주말의 산뜻한 태양 빛이
에테르처럼 뭐라고 할 수 없이 비쳐지고 있으며, 태양빛으
로 가득한 거리에는 낡은 자전거의 흉물스러운 모습은 흔적
도 없다. 밤의 암흑을 타고 나는 끊임없이 도망칠 날개를
펴고 있는 것이다. 무한히 펼쳐질 밤 캔버스에는 달콤한 색
채의 향기만이 있어, 나의 능력을 초월해 초현실적인 도망
의 배경이 강렬한 리얼리티를 띠고서 쫓아오지만, 그러나
일단 그것을 조형하여 살아있는 표현을 하려고 했을 때, 나
는 갑자기 꿈속에서 본의 아니게 초조함에 사로잡히는 것이
다. 그러나 내 도망의 배경은 분명히 질서로부터의 도망이
아니고, 현실로부터의 도망으로 결국 그것은 영원히 조형
불가능한 환영일 수밖에 없다. 불쾌한 나는 슬픔을 품고 거
리로 나간다. 공범자인 동료를 얘기하고, 술집을 찾아, 여자
를 찾아, 요컨대 취하기에는 소소한, 능력에 상응하는 도망
속에 실재를 확인하려고 허둥대는 것이다. 경제적인 의미에
서 조그마한 모험이 없는 것은 아니지만, 그러나 그러한 도
망의 경위가 불쾌함이나 슬픔 등과 정당하게 대결하는 일
없이 불합리한 에너지를 소비하고, 무의미하게 피곤한 시간
을 보낸다 하더라도, 즉 실재를 확인하려고 하는 아주 빛나

간 태도가 아니라고 하더라도, 거기에는 분명히 질서에 대
립되는 혼돈된 뭔가가 있음에 틀림없다. 혹은 밤 그 자체가
혼돈 그 자체인지 모른다. 날이 새고 나면 결국 나의 주말
은 무참히도 짓밟혀, 불모의 월요일이 득의양양한 얼굴로
기다리고 있다.

　지적할 필요도 없이 여기에는 분명히 패배의 심리가 농후
하게 깔려있지만, 그러나 나는 내 안에 있는 이 패배의 심
리에 조금이나마 관심을 나타내지 않을 수 없다. 속마음을
얘기한다면 철저하게 꿈을 차단하고 인생에 패배한 욕망이
때때로 갑자기 나를 엄습하는 것이다. 사실 선량한 소시민
이 그리는 슬픈 꿈에 비하면 사회 질서를 좀 벗어난 인간이
지닌 뻔뻔함은 충분히 매력적이고 그만큼 현대 질서가 지닌
본질을 본능적으로 감지하는 능력이 몸에 배어있는 게 틀림
없다고 하겠다. 좀 무리하게 억지를 부리는 느낌이 없는 것
은 아니지만, 그러나 나는 여기서 교활한 야쿠자들을 옹호
할 생각은 털끝만큼도 없음을 알아주기 바란다. 일본활동사
진주식회사인 닛카쓰日活 영화가 전형적으로 나타내고 있듯
이 그들은 전락한 모든 이유를 외부에서 찾고 안이하게 자
기합리화를 하려하며 결코 소시민이 갖는 꿈을 차단하는 것
이 아니라 오히려 철두철미하게 선량한 인간에 대한 콤플렉
스에 시달려 온 것에 불과하다. 요컨대 게으른 소치 그 이
상의 아무것도 아니다. 그곳에 가면 영화 '노틀담 · 드 · 파
리' 의 거지들 집단처럼 굉장한 박력이 느껴진다. 그들은
어떤 비극적인 관념과는 관계를 가지지 않고 지극히 낙천적
이고 사회질서 속에 복귀하려는 희망 따위 완전히 묵살하는
장면은 감탄할 만하다. 특히 거짓 절름발이 남자 등은 희극

적인 풍모를 하고 있으나 과연 거지 두목답게 여유만만하고 풍미도 있어 귀족의 정체를 알아챔과 동시에 거지란 무엇인지를 이해하고 있어 에메랄드를 구출하기 위해 거지 군단을 조직해서 권력에 대항하는 장면, 마치 정의를 사랑하는 민중 정치가를 연상시킨다. 그렇다고는 하나 죽은 에메랄드를 끌어안고서 "불쌍히 여겨주소"라는 말을 흘리며 살해당하는 장면은 다소 19세기적 로맨티시즘을 느끼지 않을 수 없지만, 그러나 세계의 모든 민중이 완전히 직장을 버리고 거지 군단으로 전락해서, 몇몇 신사들에게 모든 수단을 강구해 구걸을 한다면 어떻게 될까? 세계사는 순식간에 바꿔써야할 것이다. 일찍이 원자폭탄이나 수소폭탄 등 무용지물이 되어 평화운동이라는 것도 역사가의 흥미 대상밖에 되지 않을 것이다.

평소 나의 나쁜 버릇으로 기분이 좀 좋아지면 주위도 돌아보지 않고 로맨틱하게 무턱대고 열을 올렸지만, 그러나 압도적인 지배체제의 커뮤니케이션 공격은 현상유지를 꾀하며 끊임없이 소시민의 꿈에 영향력을 행사하여, 항상 어떤 가능성을 기약하는데 흔들리는 것은 사실이고, 그러한 매스컴의 공격에 대처하기 위해서 우리들은 깨끗이 꿈을 차단하고 절망하는 게 최선이다.

밤의 어둠 속에 도망의 날개를 펴고 있는 한 그것은 소시민의 환영에 지나지 않으며, 어디까지나 현실에서 도망치는 것으로 질서로부터 도망치는 일은 있을 수 없다. 현실적으로 마지노선까지 도망을 실천한다면 사회의 적으로 전락하는 수밖에 방법이 없고, 파멸하는 것으로 질서에 대립하지 않을 수 없다. 따라서 도망은 도망 그 자체임과 동시에 질

서에 대한 공격이고, 상상을 초월하는 인내와 결의를 필요
로 한다. 최근 신문지상을 떠들썩하게 한 고마쓰가와小松川
여고생 살인사건2)은 파멸의 하나의 전형을 보여주는 좋은
예라고 말할 수 있을 것이다. 그는 자신의 부당한 존재에
대해 항상 굴욕감을 느끼고 있었고, 사회의 적으로 전락할
것을 예감하면서도 충동적으로 질서에 대해 항의한 것은 아
닐까? 이런 걸 적으면 지레짐작하기를 좋아하는 독자 중에
는 바로 나를 패배주의로 규정해버릴 우려가 충분히 있다.
복잡기괴한 세상이고 보면 그만큼 확실한 판단으로 안심하
려고 하는 욕망을 모르는 것은 아니지만, 그렇다고는 해도
패배주의로 규정되어지는 것은 그다지 반가운 일은 아니다.
나에게도 건설적인 이미지가 전혀 없는 것은 아니고 하나의
질서가 절대 불변하는 것이라고는 생각지 않는다. 라스코리
니코프와 같이 고마쓰가와 여고생 살인사건의 비극은 그 속
에 집단 이미지가 부족했고, 새로운 질서에 대한 구체적인
프로그램을 가지고 있지 않았던 것에 그 이유가 있었다고
할 수 있지 않을까. 그리 말하면 우리들 주위에는 새로운
질서에 대한 프로그램의 소유자가 엄청 많고 구체적인 담보
가 바다 저편에 확실히 있다면, 고마쓰가와 여고생 살인사
건 따위의 특수적인 예외에 구속받는 자체가 바보스러움의
극치로 프로그램을 신속히 개진하는 편이 좋을지 모르겠다.
특수한 예외에 집착하는 날에는 살인자와 조직자 모두에게
공격을 받아 샌드위치가 되어서는 당치도 않은 요괴에게 잡
아먹혀 버릴지도 모를 우려가 충분해 도망이 이러쿵 저러쿵

---

2) 고마쓰가와여고생 살인사건은 1958년 8월7일 고마쓰가와고등학교 재
  학중이던 재일조선인 이진우(당시 18세)가 같은 학교 오다 요시에(당
  시 16세)를 살해, 강간한 사건이다.

이라고 하는 사이에 나 자신이 파멸의 바닥으로 전락하지 않는다는 보장은 없다. 파멸보다는 가능하면 안심입명 쪽이 좋은 건 말할 나위도 없다. 그렇다고는 하나 처음에 실감을 바탕으로 한 글쓰기라고 전제한 이상, 본의 아니게 좀 더 파멸의 끝을 산책할 필요가 있다. 지금껏 실감 따위에 구애 받고 있는 점을 감안하면 아직 한참 나는 현대 시인이라는 이름에 걸맞은 존재인 것 같지만, 여고생 살인사건과 내 사이에는 공통의 경제적 심리적 배경이 있는 것 같아 견딜 수 없다. 소심한 나이기에, 살인이나 강간 따위 생각지도 못한 이야기로 솔직히 말해 틴·에이저인 살인자와 나를 동렬에 두고 생각하는 그 자체, 조금 자존심이 상하지 않는 것은 아니다. 하지만 여자 아이에게 경제적 능력도 없는 주제에 잘난 체하는 것으로 여겨진다면 나라도 분연히 화가 나서 사랑이라는 미명 아래 교묘히 돌봐주는 악동정도는 되어 주리라 남몰래 결심하기도 한다. 아니, 하지도 못할 주제에 큰 소리 치는 일은 그만두자. 오해 받고 완전히 실연을 반복할 지경에 빠질지도 모른다.

나는 다행히도 불량소년 살인범과는 달리 아주 소수이지만 민족교육을 받았고 따라서 민족적 연대감과 민족적 자부심을 가지고 새로운 질서에 대한 비전을 조금은 가지고 있다. 그럼에도 불구하고 민족적 자긍심에 몰입하지도 못하고 비전에 매몰될 수도 없다. 이것은 좀 지나친 말이지만, 자긍심이나 비전이라는 것이 오늘의 나를 지탱하고 있는 중요한 요소임을 모르는 바는 아니나, 그것에 따라 여고생 살인사건처럼 내 현실적 생활은 조금도 좋아지지 않는 것이다. 칠이 벗겨진 식탁에는 보리밥과 절인 채소만이 덩그러니 놓여 있고 매일같이 그러한 풍경에 가책을 받자니 나는 참을 수 없는 패배감에 사로잡힌다. 밥을 먹는다는 행위 자체가 이미 인내를 요하는 행위로 식탁을 있는 힘껏 발로 차면 속이 아주 시원할 것이라 생각하면서 젓가락을 움직이고 있다. 얼마나 슬픈 습관이 아니던가.

이미 명확한 바와 같이 자긍심이나 비전은 어디까지나 추상적인 것으로 일본에 거주하는 우리들의 물질생활을 풍요롭게 해주지 못한다. 우리들 주위에는 정치적 관점으로부터 자부심이나 비전을 과대평가하는 습관이 없어지기 어렵고, 그러한 의식의 배경에는 일본의 생활은 어디까지나 임시 생활이라는 생각이 있다. 따라서 귀국하면 모든 게 해결될 거라는 도식이 깔려있는 것이다. 정말이지 당연한 이야기이다. 그럼 그것으로 된 것일까? 나는 조금도 자부심이나 비전을 과소평가하려는 생각은 없고, 과대평가와 마찬가지로 그것이 실수임을 알고 있다. 일본 생활이 어디까지나 임시 생활이라 해도 현실적으로 일본의 질서 속에서 생활하고 있고 그러한 점에 한해 파멸과 비전은 항상 대립된다. 내가 말하고 싶은 것은 대립 과정을 불문에 부치고서는 진정으로 자긍심이나 비전이 구체적 행동의 담보는 되지 못 한다는 것이다.

나는 『진달래통신』에 「앵무새 세대」라는 단문을 써, 어느 조직 활동가에게 반격을 받았다. 반격이라기보다 오히려 나의 미비한 발언에 대한 친절한 충고라고 하는 편이 옳겠지만, 생각하건대 매일 진보하는 인간을 비유하는 데에 앵무새를 빗댄 것이 잘못이었던 것 같다. 만물의 영장인 인간을 모멸하고 있는 점에서 의분을 느낀 것이라고 나는 내 식으로 마음대로 상상해 보지만, 앵무새는 앵무새임과 동시에

앵무새 이외의 - 예를 들어 주체성 있는 인간일 수 있다는
사실을 모르는 것은 아니다. 확실히 내가 말하고 싶었던 것
은 앵무새를 부정적 매개로 한 비앵무새 그 자체에 관한 것
이고, 주어진 관념 체계를 내 주체를 통해서 다시 한 번 확
인하고 싶을 뿐이다. 전후 정신적 무질서 속에 과거와 단절
을 강요받은 사람으로서 그것은 당연한 것이라 해도 좋다.
「앵무새 세대」라는 보잘 것 없는 것을 쓰고 있는 한, 너
의 주체성은 애매하고 도저히 조국 건설에는 참가할 수 없
다는 둥 나약한 나를 협박한다고 해서 나는 특별히 우리들
활동가들을 비난할 생각은 털끝만큼도 없다. 오히려 승리감
을 바탕으로 한 평형감각에 경의를 표하고 있다. 도망과 공
격 따위라 투덜대고 있으면 왠지 바보스런 감이 없지 않지
만 주체성 없이 애매한 열등감이 여기저기서 우왕좌왕하고
있고 파멸과 비전의 대립 속에 간신이 평형감각을 유지하고
있는 것만은 말해두고 싶다.

밤을 간절히 바라는 것

- 『진달래』의 시론 발전과 김시종 시에 관하여-

구사쓰 노부오

어느 날 조선인이 경영하는 민주적인 병원에 한 취객이 난입해서 난동을 부리기 시작했다. 의사도 간호사도 어찌된 일인가하고 우왕좌왕할 뿐 무법자를 쫓아낼 수가 없다. 그때 입원환자 중 한 청년이 모여드는 무리를 헤쳐 나와 맹렬하게 왕복 펀치를 날린 끝에 단번에 격퇴해 버렸다. 말할 필요로 없이 그 청년이 김시종이었다. 이러한 에피소드에 부족함이 없는 그는 남다르게 정의를 사랑하는 격정의 소유자이자 지기 싫어하는 청년이다. 이러한 김시종이 이카이노 猪飼野에서 오사카 조선시인집단 (기관지『진달래』)을 조직한 후 이미 5년이란 시간이 지났다. 그리고 지금 그는 두 권의 시집을 썼고『진달래』에도 또한 조삼룡趙三竜과 정인鄭仁 등의 재인이 성장하고 있다. 탄생과 사멸이 쓸데없이 반복될 뿐 시가 성립되지 않는 서클문학운동 현상으로 판단하건대, 이런 사실은 주목 받아도 좋다. 그리고 한 번 눈을 내부로 돌리면 적당한 판단 정지가 전혀 허락되지 않는 시론의 발전을 알게 된다.

일본의 다른 서클과는 달리 여기서 가장 큰 문제가 되는 것은 조선인이 일본어로 시를 쓰는 것과 거기서 발생하는 여러 문제이다. 대부분의 재일조선인 운동 내부에도 다양한 기계론이 횡행하고 있는 것같이 조선인은 조선어로 쓰라는 언뜻 보면 지당한 주장이 정치적인 요청이 되어 강하게 작

용하고 있는 것 같다. 김시종은 자신의 경험을 다음과 같이
쓰고 있다. "그래서 나는 애써 언어 이식이라는 것을 시도
해 보았습니다만, 조선의 시다운 시는 전혀 쓸 수가 없었습
니다. 나의 번민은 여기서 시작되었다고 해도 좋을 것입니
다. 왜냐하면 '조선인'이라는 총체적인 것 속으로, 한 개인
인 내가 자신이라는 특성을 조금도 가미하지 않은 채 갑자
기 달려들기 때문입니다. 나는 그 전에 우선 이렇게 말해야
했습니다. '나는 재일이라는 부사를 지닌 조선인입니다'"
(「맹인과 뱀의 언쟁盲と蛇の押し問答」『진달래』18호) 이 자각
은 중요하고 지금 그들의 발언에 따라 조금 부언해 보면
"이미 우리들 의식에 관계없이 회복된 조국이 존재하고 있
다""즉 이념으로써는 조국을 가지고 있음에도 불구하고 생
리화 된 실체로서는 감지되지 않는 정신상태(문자 그대로
유민적인 것)의 근원을 파헤쳐 그것을 극복해 가는 과정을
빼고서는 우리들 창작은 있을 수 없다."(정인「조선인이 일
본어로 시를 쓰고 있는 것에 관해」『수목과 과실樹木と果実』
9호)는 것이다. 이 문제를 더욱 깊이 있게 분석한 것이 조삼
용의 다음 발언이다. "머릿속에 추상적인 조국의 이미지를
형성하는 작업은 개개인이 신문, 라디오 등의 보도기관이나
그 외에 얻을 수 있는 재료를 사용해 개성적으로 밀어붙여
왔습니다만, 다음으로 생겨나는 조국애라는 의식형태는 서
로 비교하면서 완전히 동형의 것으로 만들어 버리는 겁니
다. 그리고 조국애는 각각의 자신의 머릿속에 형성된 추상
적인 조국을 더욱더 미화해 무결한 것으로 하려는 노력을
필연적으로 요구하며, 그것으로 조국은 머릿속에서 이상적
인 형태를 갖추게 되는 것입니다. 그러나 각 개인은 일본이
라는 자본주의 사회 속에서 자본주의적인 생활을 영위하고

있기 때문에 자연, 자신의 머릿속의 조국에 대해 또는 구체
적인 조국에 대해 어떤 열등의식이 생겨나는 겁니다. 이런
열등의식 때문에 우리들 조국애가 우리들 실재와 동떨어진
곳에서 유형화되어 그것이 우리들 사고 스타일을 한쪽 축으
로 전환시켜 왔다고 말할 수 있습니다"(「정형화된 의식과
시에 대하여定型化された意識と詩について」『진달래』19호)

　문제는 주체성 확립이라는 과제를 둘러싸고 이루어지고
있는 것으로, 이 문제의 올바른 해명 없이 아무리 시를 둘
러싼 언어문제, 기법에 대해 운운한들 결국은 유형화된 근
원을 이루는 정형화된 의식을 타파하지 못하고 시도 또한
성립할 수 없는 것이다. 재일조선인의 진보한 부분, 공화국
공민이라는 긍지는 고귀하지만, 그것을 휘둘러서는 아무것
도 생겨나지 않는다. 여기에 정치 영역과 확실히 구별될 수
있는 문학 독자적인 과제가 있고, 더구나 양자를 관통하는
민족적 자각의 문제가 제기되어지는 것이다. 수년 전부터『
진달래』내부에서 발전되어 온 이 문제에 관한 김시종이나
조삼룡趙三竜 등에 의한 이론의 축적은 재일조선인 정신사에
'육전협六全協'3)을 준비하는 것으로 나는 생각하지만, 조선
인이 일본어로 시를 쓰는 것을 둘러싸고 두 편향이 존재하
고 있는 것 같다. 하나는 즉시 그곳에서 창작 주체의 민족
적인 사상성이 희박함을 골라내는 형식에 빠진 극좌적인 주
장이고, 다른 하나는 일본어로 씀으로써 일어나는 내부의
갈등을 코스모폴리터니즘 방향으로 해소하는 우익적 편향이

---

3) 육전협이란 일본공산당 제6회 전국협의회의 약칭이다. 이를 계기로
　1950년 이후 미군의 탄압으로 분열을 거듭하던 일본공산당이 강화 이
　후 새로운 조건을 근거로 통일을 회복, 공공연한 활동을 하는 계기가
　되었다.

다. 양자는 모두 공화국공민이기는 하지만 모국어보다도 일본어로 발상하고 사고해 생활하는 재일조선인의 주체성을 실제에 있어 부정하는데서 발생한다. 조선적인 테마를 다루는 작품의 질이 저하하는, 『진달래』 회원으로부터 자주 듣는 창작상의 번민이지만, 창작주체 내부에 있어 연소되지 않는 테마는 그것이 아무리 적극적인 것이라 하더라도 그리고 또한 아무리 기법 레벨이 높더라도 거기에 뛰어난 시가 성립될 리가 없다. 따라서 문제를 근본적으로 스스로 발생시키지 못한 시기, 예를 들면 시집 『지평선』 제2부에 수록된 김시종의 몇 작품에 그러한 약점이 인정되는 것은 당연한 것이다. 말하자면 정치에 대한 잘못된 종속적인 산물이기도 하지만, 그것은 극복할 모멘트를 창작과정부터 이론적으로 제기한 이상 조금도 부끄러워할 필요는 없다. '자신의 몇 십 년이나 된 망명의식에서 비롯된 노스탤지어'에 조선적인 허식을 입히면 조국에서 훌륭히 통용되는 현실을 김시종은 「제2세 문학론」 (『현대시現代詩』, 58년 6월호)에서 밝히고 있지만, 조국은 일본의 낡은 것을 받고, 재일조선인은 조국의 모방으로 시종일관하는 악순환으로부터는 어떠한 결실도 기대할 수 없음은 자명한 이치이다. 그러나 '민족시'라는 과제에 직면할 때 사람들은 왕왕 방법론을 포기해 버린다. 현대시의 역사와 현실을 대립시켜 '고향의 시' '민족의 시'를 도마 세이타藤間生大[4)가 제기했을 때 오노 도사부로小野十三郎[5)는 "쇼와 중기 이후 시 방법에 관한 다양한 실

---

4) 도마 세이타(藤間生大 1913년생): 일본사학자. 마르크스주의 입장에서 연구를 진행, 1946년 『고대일본국가』 발표. 민주주의 과학자협회 서기국에서 활동한 후 1971년 구마모토상대(熊本商大) 교수.
5) 오노 도사부로(小野十三郎 1903-1996): 시인. 본명 도사부로(藤三郎). 오사카시 태생. 도요대(東洋大) 중퇴. 1923년 아나키스트 시인의 거점

험적 의미를, 이 책 저자에게 알릴 필요가 있다"고 비판한
것이다. 나는 김시종의 작품을 가리켜 "그는 이미 우리들이
목표로 하고 있는 지점에 도달한 대선배이다" 등 내용도 없
는 겉치레 인사를 나열해 뻔뻔한 아방가르드 시인을 눈앞에
서 보고 놀란 일이 있지만, 이러한 명확한 열등의식이 부른
얕은 소견은 특별히 도마 세이타만이 아니다. 우리들 일본
인에게 조선인에 대한 열등의식이 존재하듯이 진보적인 재
일조선인 내부에는 조선민주주의인민공화국에 대한 열등의
식이 확실히 존재한다. 그리고 이 열등의식이 조선적인 테
마에 맞설 때 무갈등이론을 초래하는 것이다. 김시종이 말
하는 "결혼식 축사에 일제 36년으로 시작하여 국내외 정세
보고로 끝나는 민족 지향적 경로"가 조삼용에 의하면 재일
조선인 운동 간부들이 "공화국 내각 각부의 책임자와 동일
한 말투로 민주기지 건설의 성과에 관해 감격적으로 말하"
게 되며, 더욱이 "공화국 민주기지 건설을 하는 노동자들은
퍽 괴로운 일이지요"라는 물음에 "바보같이! 괴롭기는커녕
모두 자신감과 희망에 차 즐겁게 일하고 있다!"고 답하기
도 한다. 그 자체 망명의식에서 오는 노스탤지어의 변형에
지나지 않는 과도한 신비화가 대상의 리얼리티를 잃게 하는
것이고 정형화된 의식 타파는 여기서 출발할 수밖에 없다.
그 결과 그들 작품으로부터 '조선적인 테마'가 모습을 감추
는 일이 있어도 또한 어쩔 수 없다고 나는 생각하지만, 그러
나 김시종은 그것을 취급하며 뛰어난 작품을 쓰고 있다.

이 된 시집 『적과 흑(赤と黒)』에 참가해 하기와라 교지로(萩原恭次
郎), 쓰보이 시게지(壺井繁治) 등을 알게 된다. 33년 오사카로 돌아와
시운동에 매진 많은 신진 시인들을 키웠다.

김군은
조선인이고
그들도 또한
조선인이고
그 조선인 속의
북조선파가
김군이고
그 또한 조선
속의
한국인이
그들이고
올림픽 출전 예정의
축구선수.
예선을 위해
멀리서 온
둘도 없는
동포들.
(중략)
너도 자—알
알고 있듯이
조선에는
나라가
둘이나 있어
오늘 나온 건
그 반쪽이다.
소위
한발로

볼을 찬 것이다.
오늘은
내가
한턱내지.
양발 갖추어졌을 때
그때
그때는
자네가
사주게.
(후략)

(「내가 나일 때」)

이 시는 180행에 이르는 장시이지만, 띄어쓰기를 떠올리게 할 만큼 짧게 잘린 커팅에도 불구하고 진행 템포는 좀 장황함을 느끼게 해 이러한 원시적인 형상이 더욱 자연발생적인 것을 내부에 감추고 있는 것은 아닌가라는 비판을 낳지만, 재일조선인으로서의 주체성을, 한발로 걷고 있는 이미지 속에 구상화하고 있어 아주 감동적이다. "일본에 살고 있다는 사실을 자칫하면 우연한 일로 끝내기 쉽다"(『일본풍토기日本風土記』후기)는 현실 속에서 일본 현대시 운동에 참가하는 것은 민족적인 경험을 서로 나누기 위함'이라 주장하는 김시종은 문제의 올바른 해명에 맞서고 있다고 해도 지장이 없을 것이다. 그리고 이 일은 "낮만 믿고 있던 이에게 / 무장한 밤을 / 알려준다"(「밤이여 어서 와라夜よはよ来い」)고 일찍이 노래한 이 시인의 날카로운 비판정신이 더욱더 유연하게 발휘되고 있음을 의미하고 있다. 그의 제2시집 『일본풍토기』에는 「판잣집의 규칙長屋の掟」「발정기発情期」「뒤뜰

裏庭」「젊은 당신을 나는 믿었다若いあなたをわたしは信じた」등 신선한 이미지를 지닌 시로 충만하지만 김시종의 일본생활인 이 기록은 틀림없이 일본현대시 내용을 풍부하게 할 성과로 자부해도 좋을 것이다. 우리들은 그들 작업에 의해 얼마나 격려 받고 있는가. 이들 시에 관해서는 다른 글을 통해 다시 적을 것이지만, 이 수필로 내가 다룬『진달래』내부문제 제기의 모티브에 관해 마지막으로 말하고자 한다. 그건 시 성립이라는 창작 체험에 근거한 욕구에서 비롯된 것이지만, 동시에 이들 발언이 이루어진 시기로 봐서 선험적으로 55년 5월 민전6)에서 총련総連7)으로 역사적인 노선전환이 전제되어 있었다고 할 수 있다. 종래 일본혁명의 주력으로 파악하고 있던 재일조선인을 조선혁명의 담당자로서 다시보고, 조국 평화통일과 독립, 일본의 공화국공민으로서의 권리옹호로 운동방침이 전환된 것이다. 「낮만을 믿고昼だけを信じて」있는 사람이 늘어날지언정 줄지 않는 현재 김시종 등이 혹독한 밤을 앞으로도 그들에게 알려줄 것이다. 그것은 우리들을 격려할 것이다.

(58, 7) (전『별星』편집장)

---

6) 1955년5월 재일조선통일민주전선이 해체 되고 대신「재일본조선인연총합회」가 결성되었다.

7) 1949년 연합군총사령부(GHQ)에 해방된 재일본조선인연맹(45년 결성)을 원류로 해서 55년 설립했다. 정식 명칭은「재일본조선인연총합회」로 도쿄에 중앙본부를 두고 있다.

핏줄

남민수

기러기가 일제히 날아가는 듯한
우레 같은 박수 속에
연단에서 연이어 내려 온 10명의 의장이
동지들에게 악수를 청한다
악수하는
그도 손을 내민다
그러자 어찌된 일인가
의장의 손에서 그의 손은 슬쩍 빗겨간다
두 번째 의장이 왔다
자아 악수다
그러자 또다시 그의 손은 의장의 손에서 빗겨난다
세 번째 의장의 손도
그가 열심히 내민 손은 잡으려해 잡을 수 없다
네 번째 의장의 손도
다섯 번째 의장의 손도
그는 땀이 나며 분명히 조급해졌다
아직 의장은 아무도 알아채지 못 한다
여섯 번째 의장이 왔다
힘껏 손을 내민 그
손은 미끄러지듯 허공을 갈랐다

의장이 당황한 듯 소리를 질렀다
동지들 여기 스파이가 있다!!
완장을 찬 청년이 바로 뒤돌아보더니
금세 그를 둘러쌌다
아니야 아니야 스파이가 아니야
어머니의 살을 찾아 헤매는
나는 조선인 제로다
자기라고 주장해 보지만 증거를 내세울 정체 없는 그는
동지들에 의해 완전히 묵살되어 버렸다.

회장을 정리하는 여성동지들은
휴지와 함께
조선인 제로를 쓸어버렸지만
그 때 그는 이미
바다 위를 달리고 있었던 것이다
파도에 넘어져 쓰러지면서도
국가 국가
라고 웅얼거리며 달리고 있었다
그러자 갑자기 국가가 바다 위에 건설 된다
고아의 핏줄에 대한 갈망이
신기루가 되어 나타난 것이다
바다 속 바다 위 대기 속에 나라가 있을 수 없다는 것을 알지

밤처럼 그는 새까매져 갔다
그리고 자신으로 돌아간다
그리고 아무에게나 술회했다
단지
어디선가
피가 울음을 멈추지 않는다
라고

애 보는 이야기

박실

유리창이 탈 때
동심은 눈을 떴다.
평소의 동작으로 풍경을 더듬는다.

거기 있어, 거기, 망막 뒤
20년 전과 변함없이
봐라!
새털구름이 눈을 부른 석양 아래
뒤틀린 저고리를 보이며
들판에 있는 것은 어머니가 아닌가.

어두운 피부 속
색채는 선명하게
고아의 위장에 스몄다
동심은
조용히 조용히 오열하기 시작한다.

정말, 정말!
이 얼마나 경치가 자라지 못하는 토양인가.
창을 열자, 불타고 있는 유리창을.

저녁 하늘의 한쪽을 가르며
우윳빛으로 빛나는 빌딩이 있다.
그러나
신선한 과실로 변한 동심.

　갈라진 마음이여.
　그 녀석은 다른 사람의 것
　셋방살이 하는 사람으로선 살 수 없는 것.
　그럼, 우리들을 위한
　새로운 풍경을 준비하자.

석회석 용액에
풍덩하고 팔을 몽땅 담그고
나는 망막 뒤 풍경을
마주하는 것이었다.

우리 딸이 살해당했다

김탁촌

정말 미안한 부탁인데
아무쪼록 그 장광설만은 그만둬 주게
슬픔은 이미 사라졌다.
노여움도 미움도 별거 아니라고
하는데
아무래도 이 장관설이
마음 한 구석에 걸려 숨이 막힌다
치어죽은 알몸의 소년을 위해
맞아죽은 맨발의 소녀를 위해
타 죽은 동포를 위해
장례는 아직 끝나지 않았다고 하는데
책임 없는 어렴풋한 기억의
무국적자 같은
장광설로 지껄여대는 것은 그만둬 주게

건널 수 없을 만큼 거친 파도 위에
멋지게 되돌아가는 다리를
우리만을 위해
불꽃 덩어리로 굳혀서
우리들 고향까지 걸쳐보았다

그런 바보스런 이야기를 오늘도 들었지만,
같이 있던 그 누구도 웃지 않았다

나의 할머니는 말했다
≪남도 북도 내 나라
놈들 멋대로는 하느님이 용서치 않을 것이다
이것이 내 염불이니≫라며
길고 긴 염불도
실로 짧아진 것이다
정말로 격한 말이 된 것이다

아무쪼록 말해 주게
그리운 고향의 지난 나날
여름빛이 얼마나 밝은지
가을 하늘의 깊은 푸르름 등
겨울 살을 에는 바람의 아픔 등
삐걱거리는 장지문을 열고 선다
봄볕이 드는 뜰 저편에는 아무도 없다
내 고향이었다는 증거를

≪안녕! 마을 사람들이여!
우리나라는 오늘도 최고
보라, 도라지를 캐러 딸도 나간다≫

머리에 달린 귀

성자경

봉오리라 생각했는데 어느새 활짝 피고는, 져 버렸어.
(그래서 나는 벚나무 가로수와 떨어진 꽃잎과 가로수 안쪽
에 있는 식물원을 상상한다.)

땀 냄새를 폐로 마시고 뱉는다. 수영복 있어? 있는데 작
아 들어가지 않는데이, 궁디가 커졌데이. (그래서 나는 엉덩
이와 젖가슴 표현으로 '찐다'는 말이 맞다는 것을 염두에
두고, 바닷물의 촉감을 상상한다)

유리창에 닿는 광선이 한층 선명해져, 날이 일찍 저문다.
(산과 산 사이 계곡에서 느낄 위치에 있는 단풍의 명소, 좁
은 길에서 지나가며 표정을 읽으려 한 무희에 대하여)

겨울은 겨울이다. 모든 걸 섞으면 겨울이 된다.

이들 사고는 삐걱거리는 판자문에 가서 자야만 떠오른다.

'머리 위에서 시끄럽군!'

그래서 또 나는 상상한다. 대중을 발 아래로 여긴 때의
사상에 대하여.

상상이 아닌 것은 젊은 여자인 시詩 선수 (T)가 지닌 야성
적 에너지의 발원지로부터 눈을 떼지 못하는 일에 대하여.

그런 유쾌한 얘기를

고향을 모르는 우리에게 천천히 얘기해 주소

잠꾸러기는 엉덩이 한 방을 맞고서
≪어서 일어나
　보리죽이지만 요기는 될 것이다
　냉큼 학교 갔다오너라
　왜놈들 얄밉지만≫
그런 옛날 실없는 이야기도
모르는 우리에게 천천히 말해 주게

놈들의 다리는 굵은 바늘
놈들의 손은 예리한 가시
놈들의 입 안은 어금니의 산
놈들의 다리는 전쟁을 위해 일하고
놈들의 손은 학살을 위해 만들어지고
놈들의 입은 불행의 균을 흩뿌린다
그 다리와 손과 입이 만행을 저지르는 고향에서
단단히 봉한 편지가 왔다
깊은 상처가 내 아내를 밤새도록 울렸다
≪우리는 20년이나 너를 못 만나고 있다
　너와 같이 생명을 나누며 자랐다
　우리의 딸이 살해당했다
　딸이 놈들에게 살해당했다≫

　　　　　　　　　　　　1958.2.16

암고양이

안병순

그녀는 애를 배고 있었다.
남자가
애 아버지의 이름을 물었을 때
"몰라요" 라며 여자는 웃었다.
두 사람이 질투와 애증의
입맞춤을 나눌 때
남자의 아내는 굶주리고 있었다

애국자는 소리 지르며
필사적으로 손짓 했다
그의 소리는 밤의 적막 속으로 메아리친다
어둠의 정적은 한순간
애국자의 소리조차 소멸시켰다

"그만 두세요.
당신에게 아무도 안와요."
여자는 속삭였다.

구름이 나비를 겨누고 있다
새끼를 밴 고양이는

차가운 화로 옆에서
하품을 하고 있었다.

봄

김인삼

빛을
가린 공이
떨어졌다
그림자를 쫓을 때.
하얀
유니폼을 입은 소년은
외침 속에서
작은 가슴을 조인다.

떨리는 구름은 하늘에
안겨
눈을 덮는다.

어제 내린 비로
우거진 풀은
부드러운
발목을 만지려고
기지개를 켜
먼 쪽에서
시야를 가로막고

슬럼가는
잠시 쉬고 있다.

나는 느낀다
모든 것이
이 때
만족하고 있음을.

절망

성진일

쾅-
하는
굉음을
내며 갈라진
지구-.

그는
붉은 생명이
흘러 떨어지는 것을
느끼며
끝없이
끝없이
달려갔다.

의식과 자유와
손발이
잘렸다.
바람에 모든 걸
맡기고 살아가려고 하는
저

푸르고 둥근 것은
대체 무엇일까.

별은
갸웃거리며
중얼거렸다.

다이너미즘 변혁

- 하마다 치쇼浜田智章⁸⁾ 제 2 시집이 의미하는 것 -

김시종

이전 작품집에 비해 변화한 흔적이 뚜렷한 작품집을 읽는
다는 것은 실로 즐겁다. 좋든 싫든 오사카의 현대시 운동의
하나의 전환점에서는 어느 누구를 불문하고 '하마다'라는
관문소를 만나지 않을 수 없다. 보기만 해도 터프한 다소
독단적인 분위기를 시종일관 몸에 풍기는 도치니시키栃錦⁹⁾
같은 그. 이 '강인한 듯함' 때문에 내가 알고 있는 한 같은
선상의 시인 동료들로부터 항상 따돌림을 당한 것 같다. 또
한 뒤집어 생각하면 이 '강인한 듯함' 때문에 오늘날 『산하
山河』를 유지해 왔던 것 같기도 하다. 전후 거품처럼 떠올
라 사라진 많은 동인잡지 속에 그가 지닌 일관된 지속력은
그것을 가진 것만으로 하나의 특색을 이룬다. 그뿐만이 아
니라 정당히 평가 받지 않으면 안 될 것을 지니고 있다. 하
지만 그의 경우만은 아직은 정당히 평가받았다는 정당함을
들은 적이 없다. 그 정당함의 결산서를 나는 『하마다 치쇼
제 2 시집』에 의해 알게 되었다. 적자는 오히려 내게 있었

---

8) 하마다 치쇼(浜田知章, 1920.4.27 - 2008.5.16)는 사회주의 리얼리즘
시인으로 활동했다. 82년 발행한 제5집 『浜田知章集』에는 「조선의 여
자」「서울에 내리는 비」등 8편의 조선 관련 작품이 있고, 그 외에 6
편의 6 · 25전쟁을 테마로 한 시도 있다.
9) 도치니시키 기요타카(栃錦淸隆, 1925.2.20-1990.1.10)는 1955년1월 하
쓰바쇼에서 일본 씨름 44대 요코쓰나(천하장사)로 첫 시합을 가진 이
후 이 잡지가 발행된 1958년까지는 좋은 성적을 거두지 못하고 있다
가 1959년 3월 혼바쇼 이후 경이로운 성적을 남긴다.

다. 이하, 하마다 치쇼 제 2 시집에 의해 유발되어진 몇 개의 일러두기식 메모를 정리해 본다.

나는 일찍이 시를 쓰는 유형에는 세 종류의 시인이 있다고 생각한다. 머리로 쓰는 사람, 손으로 쓰는 사람, 발로 쓰는 사람. 이런 나의 취향으로 보면 필경 하마다 치쇼는 발로 쓰는 사람의 대표선수 중 한 명일 것이다. 전후 새로운 시 운동에 일찍이 오사카에서 『산하』를 힘차게 메고 등장한 그는 지금도 그 『산하』를 뒤집어 쓴 채 여전히 돌아다니고 있다. 그의 속도감으로 판단하면 걷는다는 것은 이제 시대착오로 어디까지나 **달리는 것**이다. 이렇게 달리고 있는 것이 그의 시다. 시를 1입방미터 미분한 것이라고 생각지 않는 사람도 그의 **빠른** 변화에는 당황한다. 그리고 대부분의 경우 반사적으로 반감을 가진다. 분명히 이제 막 세계를 한 바퀴 돌고 왔을 터인데, 그의 숨결은 아주 통상적이다. 바꿔 말해, 지나치게 정상적이다. 덮어놓고 하는 식이 아닌 능동성, 그렇다고 치밀한 계산으로 이루어진 코너 워크도 아니다. 이만큼의 거리로 저만큼의 모습을 유지하기에는 보통의 고생이 아니었을 텐데 그는 지금까지 한 번도 그 고통을 보이지 않았다. 만약 그 주위에 뿌려진 오해가 있다고 한다면 그것은 그의 시가 지닌 기능 탓이 아니라 그의 시가 지닌 체질 때문은 아닐까?

그 체질을 하마다는 제 2 시집에서 의식적으로 본연의 자신으로 돌아가려고 하고 있다고 봐도 될 것이다. 제 1 시집에 있는 보이기 위한 완벽함은 이제 여기에는 보이지 않고 적어도 시로 상처 받은 하마다가 잘난 체하지 않고 맞서고 있다. 그의 시에는 특히 중요한 소재가 된 '동지同志'가 처음으로 친숙하게 서로 부르는 지점에 와 있다. 이것은 용어

에도 현저히 나타나 종래 그의 아니꼬움의 대명사로 말해졌
던 외래어가 여기서는 신경이 구석구석까지 잘 미친 용어로
자신이 지닌 일본어와 동일선상으로 연결되어 있는 노력의
흔적은 주목해도 좋을 것이다. 특히 「진달래의 노래」에서
몇 개의 의성어와 외래어는 거짓 없는 이 사람의 것으로 실
로 아름답다. 그러나 호탕함이 자랑인 이 사람의 시에 뜻
밖에도 제 2 시집이 드러낸 '호탕함'의 실체는 역시 보이
기 위한 것이다. 하마다는 어디까지나 '강인한 듯한' 사람
에 지나지 않는다. 그의 아주 빠른 발이 어느 샌가 치장하
고 만 하나의 포즈이다. 사고경로가 하나의 위도에 맞닿았
을 때 갑자기 질주해서 가끔 3단 뛰기를 멋지게 해치우는
것이다. 하마다에게 있어 이 지구는 '소우주' 속의 1미크론
에 지나지 않다고 하는 것은 그만큼 꿈이 원대한 감정이 풍
부한 선인이라 해야 할 것인가. 그는 언제든지 지구를 가랑
이 사이의 음낭처럼 달고 있다. 1미크론의 무게를 참아내기
위해 그의 자존심은 점점 으스대게 한다. 그 점에 있어 하
마다의 시가 가지는 다이내믹함은 비할 데가 없다. 네바다
주의 유카평원, 이라크, 시리아, 요르단도, 또다시 되돌아와
서 멕시코 베라쿠루스에서 조선 수원으로 날아 베를린을 지
나 소련의 집단 농장 콜호스[10]에 이르는 행동반경의 넓이도
그에게는 손쉬운 주머니 속 알약 같은 것이다. 하마다가 일
관적으로 노래하고 있는 현대의 위기의식이라는 것이 이러
한 호탕함에 의해 지탱되어지고 있다는 것은 서로가 유의해

---

10) 소프호스와 더불어 소련의 2대 농업경영 형태의 하나였다. 콜호스는
토지·농구·역축(役畜)·종자·농업시설 등의 생산수단을 공유하고,
공동노동에 의한 생산을 하며, 수익은 콜호스를 위하여 일정액을 공
제한 후 소속원 각자에게 노동량에 따라 분배되었고, 소속원의 소규
모 개인부업 경영이 인정되어 있었다.

관계하지 않으면 안 되는 문제점이 아닐까? 동적 수법을 중시한 나머지 이러한 질주와 도약의 반복이 반복되어지는 데에, 도저히 실제 명제가 존속할 수 있다는 것은 나로서는 생각하지 않을 수 없다.

하마다 쇼치의 시 테마를 보면 분명히 표현적인 것뿐이다. 그것도 아주 센세이셔널한 실재성을 띠고 있는 게 특색이다. 이 센세이셔널함! 거기에는 아직 체를 통과하지 않은 미분화된 날것이 있는 것 같다.

> 얼어붙은
> 열도의 미명을 폭파하자.
> 심하게 일그러진 경계선은
> 점화된 폭약이 가속도를 붙였을 때,
> 모래와 눈물로 충혈된 눈을
> 찔러
> 키익-하고 비스듬히 올라가는
> 미군 4발 대형 수송기.
> 그놈은 유유히
> 1만5천 피트 상공을 반 바퀴 돌아
> 붉은 땅 조선을 향해 난다.
> ("무인지대" 마지막 절-기지반대투쟁을 노래한 것-)

"얼어붙은 열도의 미명"을 "폭파"하는 방법이야말로 문제이지 않을까? 그러나 그의 다이너미즘은 기세 좋게 미군기와 더불어 "조선"으로 질주할 것이다. 이런 국제연대성의 진지함! 이렇게 진지한 자의식은 적과의 대결을 다음과 같이 설정한다.

움직이는 호수動く湖

해병대가 지니고 있는
자동소총의
노리쇠덮개인가 했더니
엄지손가락이 용수철 역할을 하고 있어
반달형
검은 미축尾軸을 누르자
번쩍하며
서양 레이저가 나오는 것이다,
착-하고 울리며
다시 연다
그것을 번갈아 반복한다
다섯 손가락 운동을
옆에서 보고 있던 여자의 눈이
냉혹함을 쏟아 붓는 순간이다
　　(중략)

사카모토坂本에서
하마오쓰浜大津로 나와
용수철이 느슨한 좌석에 앉자
나는 평소처럼
하얀 수건으로 머리를 감싸며
긴 옷을 펄럭였다
사막의 팔레스타인이 되는 것이다.
불을 뿜는 시리아나
반란 팔레스타인을 가리킨다

갈색의 귀여운 여자의
차가워진 양다리를 어깨에 메고
넓은 사막을 가면
낙타를 탄 토착민병사 무리가
총을 하늘로 치켜들고
히야- 라며 기성을 지르며
달려와서
등 뒤에서 쏘아대는 것이다.
벌집이 되어, 덜컥 앞무릎을 꺾었다
그대로 모래에 파묻혀가자……
(나를 죽인 것은 저 손이다!)
묻혔을
여자의 목은
늘어진 여자의 목은
털이 수북한 손 위에
개처럼 턱을 올려
코웃음 치고 있는 것이다.
서양 레이저가 빛났다.
점점 메말라가는 호수가 크게 소용돌이치기 시작했다.

이것은 냉정한 시이기도 하지만, 솔직히 말해 대결은 아니다. 도리 없는 약자의 자위이다. 무엇보다 일본이라는 토양에서 사막의 빨치산을 투입하는 동적 수법은 남의 힘을 빌리려고 하는 것 외에 아무것도 아닐 것이다. 가을 다음이 겨울이고, 봄이 지면 여름이 오는 습지대의, 이러한 정해진 무변화 속에서 일어나는 혁명이라는 것은 어떠한 성질의 것일까? 거창한 변혁을 기대하는 사람이 있다고 한다면 그 사

람이야말로 현실감이 떨어지는 리얼리스트이다. 방사능 낙
하물이 지상에 축적되고 식물이나 음료수를 통해 체내에 싸
여가고 있는 오늘날 우리들 시의 명제가 여전히 "원자력 수
자력 폭발 반대" 주문을 외치고만 있어서는 이제 너무 늦
다. 좀 더 평소 기반으로 방사능 투하물처럼 세분화된 테마
가 일상 의식에 파고들어 침잠해가지 않으면 안 된다고 본
다. 시의 스케일과 볼륨은 지금처럼 소재의 다양함과 규모
의 반경만으로 잴 수 없는 지점에 현대시는 와 있다. 그것
은 대단히 반응이 느린 의식 속에 파고든 조사 강도 여하에
따라 결정될 것이다. 시 제재가 특수하고 센세이셔널한 것
만 추종하는 한 거기에 익숙해질 신경은 끝없는 스릴과 흥
분을 요구하고 우리들 시의 눈은 점점 외부로만 상승해 가
는 것은 아닐까? 이런 극히 바뀐 보람 없는 무풍지대에 만
연한 박테리아균의 번식, 이것이 우리들 시의 무브먼트이고
다이너미즘이다. 하마다 치쇼 제2시집이 제1시집에 보이지
않았던 것, 그가 스스로 몸을 내던지며 자신의 체내에 주입
하고 있는 디프테리아균 번식을 숨긴 몇몇 작품에 나는 새
로운 내용의 하마다 다이너미즘을 느껴 기뻤다.

　달에 로켓이 발사된 오늘날에도 혜택 받지 못한 우리들
세계는 아직 걸어가지 않으면 안 될 미지의 땅이다. 내가
짊어지고 있는 적자, 즉 다시 말해 연약한 발밖에 갖고 있
지 않은 자의 약점이다. 하지만 하마다도 또한 어느 차원에
서는 이런 자잘함이 없는 것의 결손을 짊어지지 않으면 안
되는 것이다.

후쿠나카 도모코福中都生子 시집 『회색 벽에』를 읽고

양석일

후쿠나카 도모코[11] 씨 시집 『회색 벽에』는 여성적인 겸허함, 성실함이 넘치는 시집이라 생각합니다. 인간의 성의와 여성의 행복을 소중히 여기면서 항상 사회의 한쪽 구석에서 현실을 지켜보는 한 여성상을 볼 수 있습니다. 하지만 나는 여성의 행복을 서민적인 소박함으로 취급하는 저자의 올바른 자세에 조금 불만을 가지고 있습니다. 우리들은 평소 직립상태로 걷고 있습니다만, 만약 땅바닥에 얼굴을 붙이고 현실의 움직임을 바라본다면 거기에는 엄청나게 불규칙적인 리듬과 긴박한 압력, 불균형한 정신 상태를 알아차릴 수 있습니다. 즉, 우리들은 현실을 똑바로 파악하려 한다면 거꾸로 거대한 메커니즘의 톱니바퀴에 휘말려서 꼼짝달싹 할 수 없게 되어 버릴 것입니다. 그 때문에 현실의 이면, 바로 위, 바닥 혹은 경사면으로 끊임없이 앵글을 변화시킬 필요가 있습니다. 지금까지의 휴머니즘이나 생활감정을 지워버리는 것으로 인간 신뢰의 말을, 흔들림 없는 현실직시와 강렬한 상상력으로 조형하고 전개해야 할 것입니다. 그러나 이 시집에는 현실추구가 자기추구의 안이함에 의해 불충분하게 끝난 아쉬움이 있습니다. 예를 들어 「하얀 모래 언덕白い砂丘」의 〈날뛰는 사람들의 발자국〉까지는 작가의 정확한 터

---

11) 후쿠나카 도모코(福中都生子. 1928年1月5日-2008年1月13日)는 일본 시인으로 「대전이라는 마을」 이란 시에 의하면 일제강점기 때 그녀는 가족과 함께 3살부터 11살까지 약 8년간 대전에 살았다고 한다.

치와 긴장을 품은 눈이 있었지만, 그 이후의 행 〈다정하게
소리를 죽인다. 조용히 바다 소리와 육지 소리에 응수하는
하얀 모래 언덕〉에 이르면, 이미 감상 이외에는 아무것도
아니다. 여기서 시적 언어가 메타포로 승화되지 못하는 것
은 오브제를 해체해서 상상력으로 정형화하면서 일차함수에
서 이차함수로, 보다 복잡한 내부갈등, 대상과 자기를 추궁
하지 않기 때문으로 나는 「하얀 모래 언덕」의 본론은 이
오브제를 변형하는 것에서 시작된다고 봅니다. 「하얀 모래
언덕」은 서정적인 바닷가 해변이 아니라 혹독한 사막으로
거기서 자신과 타자와 사막이라는 조건하에서 피투성이의
투쟁이 펼쳐져야 했습니다. 자신의 심정에 충실하고 현실에
성실한 이 시인은 시인에게 내재된 또 다른 한사람의 저주
받은 상이 잠든 채로 있습니다. 「사랑하는 유부녀恋の人妻」
에서도 「왜소한 사람小柄な人」에서도 이러한 저주받은 모습
이, 소위 안전지대에 보존되어 있는 듯합니다. 나는 그 모습
을 풀어헤쳐 그것과 대결해 볼 필요가 있는 것은 아닌지 생
각해 봅니다.

　상당히 주관적인 것만 서술했습니다만, 이 시집 저변에
일관되게 흐르고 있는 비평정신은 평가해야 하고 서문에서
도 밝히고 있듯이 '사람과 사람의 마음을 엮는 힘'이 있는
것도 사실입니다.

　나는 한 권의 시집을 엮는다는 것, 특히 첫 시집의 경우
는 그 시인의 시적 경험을 순수하게 계통적으로 객관시하는
일임과 동시에 더구나 어제까지의 자신과 결별하기 위한 연
판장이라 생각합니다. 저자가 앞으로 현대시의 역학적인 구
축성에 관해 고찰할 것을 기대하고 있습니다.

편 집 후 기

19호를 발행한 것이 작년 11월이었으니까, 딱 1년간 자고 있었던 것이 된다. 최근 오사카시에서는 마을을 조용히 하는 운동이 시작되어 상당히 성공한 것 같지만, 어차피 시인은 숙면을 즐길 수 없는 것 같다. 진달래가 푹 자고 있는 사이에도 각 세포는 각각의 자기주장을 외부를 향해 표현하고 있고 재일조선인 의식문제와 관련된 진달래 논쟁도 이 기간에 끈기 있게 전개되어 깊어졌다 해도 좋을 것이다. 설상가상으로 조국에서 수정주의의 실수를 저지르고 있다는 지적을 받는데 이르러서는 어차피 무위도식할 수는 없다.

조국의 비판에 대해 이번 호에서는 진달래의 의지표시를 공공연히 할 수는 없었지만, 좀 더 시간을 들여 내용을 검토해 다음 호에서 에세이특집을 꾸미려고 하고 있다. 조국의 비판을 계기로 해서 진달래에 대한 비난이 점점 심해졌지만, 우리들은 어디까지나 창작상의 문제로 받아들이고 싶고 정치와 문학의 관계를 좀 더 명확히 할 필요를 통감하고 있다. 우리들 주위에는 새삼스레 정치와 문학의 잘못된 도식이 고정관념으로 지배하고 있고, 그러한 편견과의 대립을 피할 수 없게 되었다. 그런 의미에서 8월로 넘겨진 재일조선문학회 중앙상임위원들과 좌담회 석상에서 지적된 점 – 종래의 문학회는 지금도 그렇지만 행정조직적인 역할 밖에 이행하지 못하고 조금도 창작상의 문제로 얘기할 장이 못되었다. –은 문학회 회원의 게으름을 모조리 밝히고 있다고 하겠다. (정인)

☆ 진달래 20호는 올해 3월 발행 할 예정이었다. 그것이 만

1년간의 휴간이 된 것은 개인적 혹은 (문학적·정치적) 모든 상황에 기인한 것이라고는 하나 실질적으로는 한 발 후퇴했다는 비난을 피하기 어렵다. 4월에는 시집 『일본풍토기』 특집 기획을 세워 구사쓰 노부오草野信男·이누이 다케토시乾武俊·이시이 슈石井翏 씨 등의 출석과 다량의 원고를 받았음에도 불구하고 기획이 무산된 것에 대해 심심한 사과말씀 드린다.

☆ 에세이 「밤을 간절히 바라는 것」은 구사쓰 노부오 씨가 기고한 것으로 진달래로서도 약간 의견은 있지만 일본 시 동료로서 진달래가 앞으로 한층 긴밀해 가기 위한 담보로 진심으로 환영하는 바이다.

☆ 작품 「암고양이」 「봄」 「절망」 3편은 편집상 어쩔 수 없이 한 페이지로 했다. 그 점 작가의 양해를 구한다. 작품 중에는 올해 4월경 받아 둔 것도 있어 계절감이 떨어지는 감도 있지만, 일단 게재하기로 했다.

☆ 각 동인 서클에서 많은 기관지를 받았습니다. 이 지면을 빌려 감사드립니다.

회원소식

▶김시종

『신일본문학新日本文学』 1월호 「치아의 이치歯の条理」, 『국제신문国際新聞』 1월 1일-5일자까지 사진 시 「오사카풍토기」 연재, 『현대시』 4월호 「구멍穴」, 『현대시現代詩』 6월호 에세이 「제2세문학론」, 『시학詩学』 7월호 「봄은 모두를 불타게 하니春はみんなが燃えるので」, 8월 『국제신문·국제시집 시리즈』 「목면과 모래木綿と

砂」현대시 와카야마和歌山연구회 요청에 의해 강연. 현재 장편시 「기상도天気図」 초안 중이다.

▶**홍윤표**

10월 『국제신문·국제시집 시리즈』「아침의 밀사朝の密使」 책임자를 교대해서 목하 왕성한 창작 의욕을 불태우고 있다.

▶**정인**

『현대시』1월호「철鉄」, 9월 『국제신문·국제시집 시리즈』「우리들은 한 사람, 우리들은 두 사람ぼくらは一人、ぼくらは二人」

▶**양석일**

『현대시』3월호「목의 소재首の所在」현재. 장편시 「성城」 초안 중이다.

▶**조삼룡**

11월말에 창작 두 작품이 태어날 듯. 바야흐로 몹시 바쁘다.

▶**손윤화孫允化**

오사카조은(大阪朝銀) 노동조합 기관지 『조은종보朝銀従報』 편집장.

공백 기간 소식

∘ 12월 19호 공개 합평회 (양석일 집에서)
∘ 2월   오사카 우정회관에서 김시종시집 『일본풍토기』
　　　출판기념회를 엶.
∘ 3월   찻집 「어문御門」 에서 「흐름」 과 교류합평회를 가짐.
∘ 7월   재일조선미술회와 창작 간담회를 가짐.
∘ 7월   『진달래통신』 발행.
∘ 8월   재일조선문학회 중앙상임위원과 좌담(조선인회관에서)
∘ 8월   인사이동(홍윤표 후임으로 다시 정인이 책임자가 됨)

제5회 공개합평

작품　　「유산된 아이」　 양석일
보고자　　　　　　　　 권경택
작품　　「핏줄」　　　　남민수
보고자　　　　　　　　 홍윤표
에세이 보고자　　　　　조삼룡
일시　11월22일 토요일
장소　조선인회관

会員消息

△金時鐘▽新日本文学一月号△歯の条理▽
国際新聞元日号～五日まで、写真詩△大阪
風土記▽連載。現代詩四月号△穴▽現代詩
六月号エッセイ△第二世文学論▽詩学七月
号△春はみんなが燃えるので▽八月国際新
聞・国際詩集シリーズ△木綿と砂▽現代詩
和歌山研究会の要請により講演を行う。現
在、長篇詩△天気図▽起草中。

△洪允杓▽十月国際新聞国際詩集シリーズ△
朝の密使▽責任者を交代して、目下旺盛な
創作意慾を燃やしている。

△鄭仁▽現代詩一月号△鉄▽九月国際新聞
国際詩集シリーズ△ぼくらは一人、ぼくら
は二人▽

△梁石日▽現代詩三月号△首の所在▽現在・
長篇詩△城▽起草中。

△趙三龍▽十一月末頃に創作二児ができるそ
うな。いまや、多忙をきわめている。

△孫允化▽大阪朝鮮銀従業員組合機関誌△朝銀
従頼▽編集責となる。

ブランクの消息

○十二月 十九号公開合評会(梁石日宅にて)

○二月 大阪郵政会館で金時鐘詩集「日本
風土記」出版記念会を開く。

○三月 喫茶店「御門」にて「ながれ」
との交流合評会をもつ。

○七月 在日朝鮮美術会と創作上の懇談会
をもつ。

○七月 「ヂンダレ通信」を発行。

○八月 在日朝鮮文学会中央常任委員との
座談(朝鮮人会館に於て)

○八月 人事移動(洪允杓の後任として、
再び鄭仁が責任者となる。)

第五回公開合評

ヂンダレ

作品「流産児」　梁石日
報告者　権敬沢
作品「血縁」　南民樹
報告者　洪允杓
エッセイ
報告者　趙三竜
日時　11月22日　土曜日
場所　PM 6:30
朝鮮人会館

진달래 20호

발행일   1958년10월25일

가격(실비)   50원

편집자   양석일

발행자   정인

발행소   오사카시 이쿠노구
　　　　　이카이노나카 5-19

오사카시인집단

사무소 이전 통지

이전 하는 곳

오사카시大阪市 이쿠노구生野区

이카이노나카猪飼野中 5-19

홍윤표 洪允杓

デンダレ 二〇号

発行日　一九五八年十月二五日

頒価　五拾円

編集者　梁石日

発行者　鄭仁

発行所　大阪市生野区猪飼野中五ノ一九
　　　　大阪朝鮮詩人集団

事務所移転通知

移転先　大阪市生野区猪飼野中五ノ一九
　　　　洪允杓方

復刻版 ヂンダレ・カリオン 全3巻・別冊1

2008年11月25日発行

揃定価(本体36,000円＋税)

発行者　船橋　治

発行所　不二出版㈱
東京都文京区向丘1-2-12
☎03(3812)4433

印刷所　三進社

製本所　青木製本

中性紙使用

乱丁・落丁はお取り替えいたします。

ISBN978-4-8330-6270-9 (全4冊 分売不可 セットコード ISBN978-4-8330-6268-6)

저자약력

◈**김용안(金容安)**
한국외국어대학교 대학원 졸업. 문학박사. 근현대문학 전공.
현, 한양여자대학교 일본어통번역과 교수.

◈ **마경옥(馬京玉)**
니쇼각샤대학 대학원 졸업. 문학박사. 일본 근현대문학 전공.
현, 극동대학교 일본어학과 부교수, 한국일본근대문학회장.

◈ **박정이(朴正伊)**
고베여자대학 대학원 졸업. 문학박사. 일본 근현대문학 전공.
현, 부산외국어대학교 만오교양대학 조교수.

◈ **손지연(孫知延)**
나고야대학 대학원 졸업. 학술박사. 일본 근현대문학 전공.
현, 경희대학교 후마니타스칼리지 객원교수.

◈ **심수경(沈秀卿)**
도쿄도립대학 대학원 졸업. 문학박사. 일본 근현대문학 전공.
현, 서일대학교 비즈니스일본어과 조교수.

◈ **유미선(劉美善)**
동국대학교 대학원 졸업. 문학박사. 일본 근현대문학 전공.
현, 극동대학교 강사.

◈ **이승진(李丞鎭)**
오사카대학 대학원 졸업. 문학박사. 비교문학 전공.
현, 동국대학교 일본학연구소 연구원.

◈ **한해윤(韓諧昀)**
도호쿠대학 대학원 졸업. 문학박사. 일본 근현대문학 전공
현, 성신여자대학교 강사.

◈ **가네코 루리코(金子るリ子)**
전남대학교 대학원 졸업. 문학박사. 일본어교육, 한일비교언어
문화 전공.
현, 극동대학교 일본어학과 조교수.

◆ 번역담당호수
김용안 : 4호, 11호, 17호
마경옥 : 1호, 15호, 가리온3호 후반
박정이 : 2호, 9호, 20호
손지연 : 7호, 14호(전반), 가리온(전반)
심수경 : 8호, 14호(후반), 16호
유미선 : 3호, 10호, 18호
이승진 : 5호, 12호, 19호
한해윤 : 6호, 13호, 가리온1,2,3호 8페이지 까지
가네코루리코(金子るリ子): 일본어 자문

(재일에스닉잡지연구회 번역총서)

진달래 4

초판 인쇄 ㅣ 2016년 5월 16일
초판 발행 ㅣ 2016년 5월 16일

저(역)자 ㅣ 재일에스닉잡지연구회
발 행 인 ㅣ 윤석산
발 행 처 ㅣ (도)지식과교양

등 록 ㅣ 제2010-19호
주 소 ㅣ 서울시 도봉구 쌍문1동 423-43 백상102호
전 화 ㅣ (대표)02-996-0041 / (편집부)02-900-4520
팩 스 ㅣ 02-996-0043
전자우편 ㅣ kncbook@hanmail.net